CLÁSSICOS
BOITEMPO

ESTRELA VERMELHA

Publicado com o apoio do Instituto de Tradução Literária (Rússia)

CLÁSSICOS BOITEMPO

A ESTRADA
Jack London
Tradução, prefácio e notas de Luiz Bernardo Pericás

AURORA
Arthur Schnitzler
Tradução, apresentação e notas de Marcelo Backes

BAUDELAIRE
Théophile Gautier
Tradução de Mário Laranjeira
Apresentação e notas de Gloria Carneiro do Amaral

DAS MEMÓRIAS DO SENHOR DE SCHNABELEWOPSKI
Heinrich Heine
Tradução, apresentação e notas de Marcelo Backes

ESTRELA VERMELHA
Aleksandr Bogdánov
Tradução, prefácio e notas de Paula Vaz de Almeida e Ekaterina Vólkova Américo

EU VI UM NOVO MUNDO NASCER
John Reed
Tradução e apresentação de Luiz Bernardo Pericás

MÉXICO INSURGENTE
John Reed
Tradução de Luiz Bernardo Pericás e Mary Amazonas Leite de Barros

NAPOLEÃO
Stendhal
Tradução de Eduardo Brandão e Kátia Rossini
Apresentação de Renato Janine Ribeiro

OS DEUSES TÊM SEDE
Anatole France
Tradução de Daniela Jinkings e Cristina Murachco
Prefácio de Marcelo Coelho

O TACÃO DE FERRO
Jack London
Tradução de Afonso Teixeira Filho
Prefácio de Anatole France
Posfácio de Leon Trótski

TEMPOS DIFÍCEIS
Charles Dickens
Tradução de José Baltazar Pereira Júnior

A VÉSPERA
Ivan Turguêniev
Tradução e posfácio de Paula Vaz de Almeida e Ekaterina Vólkova Américo

ALEKSANDR BOGDÁNOV

ESTRELA VERMELHA
uma utopia

Tradução, prefácio e notas
Paula Vaz de Almeida e
Ekaterina Vólkova Américo

© desta edição, Boitempo, 2020
Edição original russa: Красная звезда/Krasnaya zvezda

Direção-geral Ivana Jinkings
Edição Carolina Mercês
Coordenação de produção Juliana Brandt
Assistência de produção Livia Viganó
Assistência editorial Pedro Davoglio
Tradução Paula Vaz de Almeida
e Ekaterina Vólkova Américo
Preparação André Albert
Revisão Sílvia Balderama Nara
Capa Rafael Nobre
Diagramação Antonio Kehl

Equipe de apoio: Artur Renzo, Débora Rodrigues, Dharla Soares, Elaine Ramos, Frederico Indiani, Heleni Andrade, Higor Alves, Isabella Marcatti, Ivam Oliveira, Kim Doria, Luciana Capelli, Marina Valeriano, Marissol Robles, Marlene Baptista, Maurício Barbosa, Raí Alves, Talita Lima, Thais Rimkus, Tulio Candiotto

CIP-BRASIL. CATALOGAÇÃO NA PUBLICAÇÃO
SINDICATO NACIONAL DOS EDITORES DE LIVROS, RJ

B662e

Bogdánov, Aleksandr, 1873-1928
Estrela vermelha : uma utopia / Aleksandr Bogdánov ; tradução, prefácio e notas Paula Vaz de Almeida, Ekaterina Vólkova Américo. - 1. ed. - São Paulo : Boitempo, 2020.
(Clássicos Boitempo ; 12)

Tradução de: Красная звезда
ISBN 978-85-7559-760-6

1. Romance russo. I. Almeida, Paula Vaz de. II. Américo, Ekaterina Vólkova. III. Título. IV. Série.

20-63510

CDD: 891.73
CDU: 82-31(470)

Leandra Felix da Cruz Candido - Bibliotecária - CRB-7/6135

É vedada a reprodução de qualquer parte deste livro sem a expressa autorização da editora.

1ª edição: julho de 2020;
3ª reimpressão: abril de 2025

BOITEMPO
Jinkings Editores Associados Ltda.
Rua Pereira Leite, 373
05442-000 São Paulo SP
Tel.: (11) 3875-7250 / 3875-7285
editor@boitempoeditorial.com.br | boitempoeditorial.com.br
blogdaboitempo.com.br | youtube.com/tvboitempo

SUMÁRIO

**Prefácio – A utopia de Aleksandr Bogdánov:
um antídoto a nosso tempo** – Paula Vaz de Almeida
e Ekaterina Vólkova Américo.. 11

ESTRELA VERMELHA 25

Do doutor Werner ao literato Mírski 27

O manuscrito de Leonid 29

Parte I 29
    1. O rompimento 29
    2. O convite 33
    3. A noite 38
    4. A explicação 42
    5. A partida 44
    6. A eteronave 49
    7. As pessoas 53
    8. A aproximação 59
    9. O passado 64
    10. A chegada 73

Parte II 77
    1. Na casa de Menny 77

2. Na fábrica 81

3. A Casa das Crianças 88

4. Museu de Arte 96

5. No hospital 105

6. O trabalho e os fantasmas 111

7. Netty 118

Parte III **123**

1. A felicidade 123

2. A separação 124

3. A fábrica de roupas 126

4. Enno 131

5. Na casa de Nella 134

6. Em busca 139

7. Sterny 143

8. Netty 153

9. Menny 157

10. O assassinato 160

Parte IV **165**

1. Com Werner 165

2. Verdadeiro ou falso? 167

3. A vida da pátria 169

4. O envelope 173

5. O balanço 175

Da carta do doutor Werner ao literato Mírski **179**

A meu camarada.

O autor

Górki, ao fundo, assiste a partida de xadrez entre Bogdánov (à esquerda) e Lênin, em Capri, 1908. Foto de Iúri Jeliábujski.

PREFÁCIO – A UTOPIA DE ALEKSANDR BOGDÁNOV: UM ANTÍDOTO A NOSSO TEMPO

Paula Vaz de Almeida e
Ekaterina Vólkova Américo

> *– Esta é a cor da nossa bandeira socialista – eu disse. – Então, devo me acostumar com a natureza socialista de vocês.*[1]
>
> Aleksander Bogdánov, *Estrela vermelha*

Chegamos a um ponto da história humana, neste século que já caminha para a terceira década, em que as utopias parecem ter perdido seu lugar. Basta ver o número de criações artísticas que versam sobre nosso fim: são livros, filmes, séries televisivas, peças de teatro etc. que ganharam fama em um gênero denominado "distopia" (ou "antiutopia"). É possível que um suposto *marciano*, se olhasse hoje a Terra, perguntasse o que os *terráqueos* estão querendo dizer de si próprios com tal produção cultural. Parece que passamos a acreditar mais na extinção de nossa espécie que na transformação radical da organização da vida na Terra; ou, ainda, no abandono de nosso mundo, como sugerem projetos de escapismo extraterreno de colonização de outros planetas, especialmente Marte. A facilidade – e, por vezes, até o entusiasmo – com que se aceitam as narrativas de fim do mundo é diretamente proporcional ao ceticismo com que se rejeitam as ideias de um mundo igualitário e justo.

No momento em que escrevemos este prefácio, nosso planeta passa por uma pandemia cujo número de vítimas já atinge a

---

[1] Neste volume, p. 77.

casa dos milhares, além de uma crise orgânica que se aprofunda gradativamente. O individualismo já radical de nosso tempo tem se radicalizado ainda mais, favorecendo fobias, aguçando ansiedades, conduzindo ao isolamento social coercitivo e voluntário; mas há também exemplos de solidariedade, auto-organização e gritos de esperança nas janelas, como aquela flor desbotada que rompe o asfalto. Enquanto algumas trombetas soam o apocalipse e cenas distópicas surgem como interferências na realidade prática imediata, os mais preocupados com suas perdas financeiras não sentem constrangimento ao afirmar que a pandemia pode representar um benefício em longo prazo, pois livrará o mundo de pessoas supérfluas, em especial, pobres, fracos e idosos; tampouco se constrangem ao anunciar medidas que consistem, simplesmente, em deixar morrer os de idade mais avançada. De repente, surge um debate em que se opõe a economia à vida humana, como se uma pudesse existir sem a outra, e como se, por "economia", os parasitas de nosso tempo não quisessem dizer a proteção dos próprios lucros, de seu acúmulo de capital.

É evidente que se o capitalismo continuar nessa toada, os cenários, os estados e os saldos de guerra serão cada vez mais cotidianos, até se tornarem a norma. Também é verdade que, tal como são usadas hoje, as tecnologias digitais podem representar uma forma de controle em massa, com efeitos nefastos. E, de fato, enquanto a humanidade estiver sujeita à irracionalidade do lucro, à lógica de uma minoria que expropria até os sonhos dos demais, não faltarão motivações para ela imaginar e representar o próprio fim, já que é a isso que o *modus operandi* do capitalismo conduz. Hoje, o rio de aço do tráfego, os bondes, os ônibus e mesmo os negócios à revelia ameaçam paralisar-se. O temor da burguesia de que na rua nasça uma flor, nutrida pelas revoltas e pelos exemplos de auto-organização em rede surgidos em todas as partes do planeta, estampa-se nos jornais. Assim, se há razões para pensar no triunfo da barbárie sobre a face da Terra, também há diversos motivos para acreditar (e lutar) por uma saída coletiva.

Por tudo isso, dizemos que *Estrela vermelha* é um antídoto a nosso tempo, uma época de crises, guerras e revoluções; na leitura deste romance, vemos emergir outro mundo possível.

PREFÁCIO

Em sua utopia, Bogdánov nos conduz em viagem pelo universo infinito até aterrissarmos em Marte, onde não há Estado, a organização socioeconômica é baseada na propriedade coletiva dos meios de produção, as decisões são tomadas por conselhos deliberativos no formato de assembleias e as relações humanas se desenvolvem de maneira distinta da nossa. A jornada no planeta vermelho é contada pelo narrador e personagem principal, um revolucionário russo já experimentado quando se passa a ação, provavelmente a segunda década do século XX. Leonid, seu nome terráqueo, ou Lenny, a alcunha marciana, é um intelectual social-democrata que escreve a seus camaradas um informe detalhado da tarefa intergaláctica para a qual havia sido selecionado: servir de elo entre dois mundos, entre duas humanidades. O interessante documento vem à luz por meio de dr. Werner, médico psiquiatra a quem o protagonista havia confiado seu manuscrito.

Há quem diga que o romance de Bogdánov é a última utopia da literatura russa. Antes dele, há *Viagem para a Terra de Ofir* (1783)[2], alguns capítulos de *Viagem de Petersburgo a Moscou* (1790), de Aleksandr Rassíschev, em que a visão utópica está diretamente relacionada à abolição da servidão, prometida, porém não cumprida, pela imperatriz Catarina II[3], e *4338*, romance fantástico que o príncipe Vladímir Odóievski começou a publicar em fragmentos em 1835[4]. Depois dele, diz-se que se instaurou o reino da distopia. Para citar apenas alguns títulos: *Nós*, de Evguiéni Zamiátin,

---

[2] A narrativa conta uma transferência inversa: a nova capital, construída por ordem do imperador num lugar pantanoso, uma cidade chamada Peregab (anagrama em russo de Peterburg, ou seja, Petersburgo) é destituída e a antiga capital, Kvamo (que lembra Moskvá, em russo, isto é, Moscou) volta a ser a cidade mais importante da Terra de Ofir. O ideal de Scherbátov consiste em um absolutismo iluminista.

[3] Ao cair nas mãos de Catarina, que o condenou pelo espírito revolucionário, o livro resultou no exílio do autor, um dos dissidentes do Império Russo. A obra de Radíschev inspirou também os intelectuais que participaram da Revolta Dezembrista em 1825. Sem apoio do exército e menos ainda do povo, a Revolta fracassou, seus líderes foram executados e os demais enviados para Sibéria.

[4] *4338* é o ano que precede a destruição da Terra por um cometa. Nesse futuro, resultante das transformações advindas das reformas de Pedro, o Grande, só existem dois países, Rússia e China. Na Rússia, inclusive, não há mais duas capitais, Moscou e Petersburgo, pois ambas se juntaram em uma única e extensa megalópole. Entre outros avanços tecnológicos como trens, aviões e telégrafo, o autor profetizou o

13

escrito de 1921 a 1922 e publicado pela primeira vez em 1924, *Ovos fatais* e *Um coração de cachorro*, ambos de Mikhail Bulgákov, o primeiro de 1924 e o segundo de 1925, alguns romances de Andrei Platónov, *Moscou-Petuchki* (1973), de Venedikt Erofiéev, e, um exemplo mais recente, *Kys*, de Tatiana Tolstáia, que retrata uma Moscou pós-apocalíptica.

Bogdánov escreve seu *Estrela vermelha* no início do século XX, e a primeira edição, a qual usamos de base para a tradução[5], saiu em 1908. A virada do século XIX para o século XX na Rússia se deu acompanhada de muitas transformações. Com a morte de Alexandre III, ascende ao trono Nicolau II e, naquele momento, havia uma classe social urbana emergente, criada pelo processo de modernização e industrialização do período anterior: o proletariado, submetido a desumanas condições de trabalho. Outro efeito desse processo foi a renovação cultural por que passou o país, com o movimento simbolista trazendo de volta a poesia ao centro da cena literária. Seria esta mesma poesia a explodir de vez, ainda na primeira década do século seguinte, com as famosas vanguardas russas. Não são obra do acaso as descrições futuristas e o culto à máquina e ao futuro que aparecem ao longo de toda a narrativa de Bogdánov, bem como as críticas indiretas à arte moderna feitas pelo narrador, por exemplo, em sua visita ao museu de arte marciano. Devido, em parte, a esse novo estado de coisas e, em parte, à radicalização do movimento *narodnista* (ou populista, como também é conhecido)[6] – que acaba por consumir quase toda a atenção da polícia repressiva do regime –, as ideias socialistas e, em especial, as marxistas começam a se difundir com relativa liberdade entre a *intelligentsia* e os trabalhadores do Império Russo. Seriam justamente essas

---

surgimento da internet e das redes sociais. Porém, ao contrário de Radíschev, Odóievski não faz críticas diretas a monarquia e servidão.

[5] Aleksandr Bogdánov, *Krásnaia zvezdá* [Estrela vermelha] (São Petersburgo, T-vo khudoj. petchati, 1908).

[6] Também chamados de "populistas russos": trata-se do grupo ligado à organização revolucionária terrorista Naródnaia Vólia [A Vontade/Liberdade do Povo], surgido na Rússia na década de 1870, cuja ideologia pregava a aproximação da intelectualidade à vida do povo.

PREFÁCIO

ideias a ponta de lança das revoltas de 1905 e, posteriormente, das revoluções de 1917.

A trama de *Estrela vermelha* suscita diversas comparações tanto com a vida do próprio autor quanto com o momento que vivia o Partido Operário Social-Democrata Russo (POSDR) naquela virada de século: a companheira terráquea de Leonid, Anna Nikoláievna, pertencia à ala moderada do partido, e o rompimento do casal, que acontece já nas primeiras páginas do romance, embora consequência direta da inusitada tarefa de Leonid, expressa uma divergência política mais profunda. Em 1903, durante o II Congresso do POSDR (Bruxelas-Londres), ocorre a cisão do partido entre bolcheviques e mencheviques, e Bogdánov – assim como acontecera na ficção ao protagonista do romance – toma naquele momento o lado de Vladímir Lênin.

A história das relações entre os dois revolucionários é tão interessante e tortuosa quanto é exemplar dos debates no interior do movimento revolucionário russo daquele período. O autor de *Estrela vermelha* era um "velho marxista". No início de sua atuação política, Bogdánov ligara-se ao Naródnaia Vólia – motivo pelo qual é expulso da Universidade de Moscou em 1884. Como era comum a jovens radicais da *intelligentsia* russa e ao movimento dos *naródniki*, aproximou-se das ideias marxistas e ingressou nos círculos operários, nos quais dedicava-se ao ensino de economia política. Como resultado desse trabalho, publicou, em 1897, seu *Breve curso de ciência econômica*, em que explica de modo simples e compreensível os principais conceitos da economia política. Sua didática era conhecida e foi ironizada, a ponto de a expressão "explicou como Bogdánov", em tom de elogio ou de crítica, entrar para o léxico russo daquele tempo.

Do POSDR, Bogdánov participou desde a fundação; foi vice-líder da fração bolchevique, construindo e dirigindo o partido, de cujo Comitê Central fez parte, ao lado de Lênin. Durante a Revolução de 1905, foi o dirigente bolchevique junto ao Soviete de São Petersburgo. Apenas em 1909 romperia com o partido e com Lênin, que criticava seu "idealismo filosófico". As divergências, todavia, teriam se iniciado ainda em 1906, quando Bogdánov publicara sua obra filosófica fundamental *Empiriomonismo*, duramente criticada por Lênin e Plekhánov sob a acusação de revisionismo e idealismo subjetivo – ainda que a razão central da ruptura tenha sido quanto à estratégia e às táticas revolucionárias. Dois anos mais tarde, em 1908, durante uma visita a Maksim Górki em Capri, Lênin e Bogdánov se encontraram: entre partidas de xadrez e conversas amenas, em contraste com o clima amigável registrado pela máquina fotográfica de Iúri Jeliábujski[7], travaram-se debates que contribuíram para o rompimento entre os dois. Nessa época, Bogdánov encontrava-se em exílio – havia sido expulso da Rússia por atividades subversivas –, retornando apenas em 1914, beneficiado pela anistia do tsar, que visava reunir combatentes para a Primeira Guerra Mundial. Nesse momento, ele atuou no *front*, como médico. Qualquer semelhança com o dr. Werner, amigo, psiquiatra e confidente de Leonid, como poderá conferir o leitor, não é, evidentemente, mera coincidência.

De volta ao país natal, Bogdánov pôde assistir aos acontecimentos de 1917, os quais, pedimos licença para adiantar, também previu em seu romance. Depois da vitória bolchevique, foi um dos idealizadores e ideólogos do movimento literário Proletkult, que se baseava na definição de "cultura proletária" ("*proletárskaia kultura*", em russo, expressão da qual deriva o acrônimo) formulada por Anatóli Lunatchárski, velho conhecido dos tempos de POSDR e futuro Comissário do Povo da Educação da Federação Russa. Os dois se tornaram amigos ainda em 1899, quando nosso autor mantinha em Kaluga um círculo de exilados políticos. Entre 1918 e 1921, lecionou economia política na Universidade de Moscou e foi membro da direção da Academia Comunista. Em 1923, foi preso sob a acusação de participar do grupo em torno do *Rabótchaia Pravda* [*Verdade Trabalhista*] – naquele momento a ala esquerda do partido, que inclusive promovia greves –, mas logo foi solto. Anos mais tarde, organizou e presidiu o primeiro instituto de transfusão de sangue do mundo, em 1926: uma experiência que objetivava prolongar a vida por meio da transfusão do sangue de indivíduos mais jovens. Esta era a principal obsessão

---

[7]   Trata-se do futuro cineasta Iúri Jeliábujski, presente na ocasião, por ser filho da companheira de Górki, Maria Andriéeva.

PREFÁCIO

do escritor, e foi uma autotransfusão de sangue malsucedida a causa de sua morte.

Assim como na realidade, também na ficção, como é comum aos escritores, Bogdánov usava a si mesmo como objeto de seus experimentos científicos. O leitor poderá encontrar diversos episódios marcantes de sua biografia nas páginas de sua obra. Talvez o mais exemplar seja o encontro, no limiar dos séculos, com o filósofo político e religioso Nikolai Berdiáev, que se tornaria famoso e cuja narração em *Autoconhecimento: ensaio de uma autobiografia filosófica* coincide de maneira quase literal com a descrição das relações entre Leonid, recém-chegado de Marte, e o dr. Werner, já na parte final do romance.

> Curiosas eram minhas relações com A. Bogdánov. [...] Bogdánov era uma pessoa muito boa, muito sincera e fielmente devota à ideia. Naquela época, eu já era considerado um "idealista", imbuído de buscas metafísicas. Para A. Bogdánov, isso era um fenômeno completamente anormal. Originalmente, ele se especializou em psiquiatria. No início, costumava me visitar. Percebi que me fazia sistematicamente perguntas estranhas: como havia me sentido pela manhã, como estava o sono, qual seria minha reação a isso ou aquilo e coisas do gênero. Acontece que ele considerava a propensão ao idealismo e à metafísica um sinal de um transtorno mental inicial e queria determinar o quão longe isso teria ido no meu caso.[8]

Berdiáev e Bogdánov representavam, respectivamente, duas correntes filosófico-político-religiosas que marcaram a vida intelectual russa no limiar dos séculos: *bogoiskátelsto* (a busca de Deus) e *bogostroítelstvo* (a construção de Deus). Inicialmente muito próximas, ambas tratavam de questões existenciais semelhantes àquelas levantadas pela literatura russa clássica, principalmente nas obras de Lev Tolstói e Fiódor Dostoiévski. Entre os problemas discutidos, destacava-se a possibilidade de aproximar o marxismo e a religião. A primeira corrente se afastava cada vez mais do

---

[8] Nikolai Berdiáev, *Samopoznánie* [Autoconhecimento] (Leningrado, Lenizdat, 1991), p. 130.

17

marxismo em direção à religião, enquanto a segunda, da qual faziam parte, entre outros, Bogdánov, Lunatchárski e Górki, buscava o divino no esforço coletivo, uma espécie de religião sem Deus. Evidentemente, o elemento religioso, que na falta de Deus ameaça sacralizar o próprio homem, foi duramente criticado por marxistas menos ecléticos como Plekhánov e Lênin; do mesmo modo, não é à toa que Górki tenha se tornado ideólogo do realismo socialista instituído por Ióssif Stálin, em uma era na qual, por meio de uma série de deturpações, a deificação do líder político ganhou forma e encarnou na realidade.

A abordagem de temas em *Estrela vermelha* é tão ampla e multifacetada quanto a formação e a atuação de seu autor. Dele, pode-se dizer que não foi propriamente um escritor de literatura. Foi, antes, um publicista, à moda de Tchernychévski. Seu fazer literário não primava pelo elemento estético-artístico, mas privilegiava o procedimento segundo o qual o autor, valendo-se dos recursos característicos da prosa de ficção, especialmente o romance, gênero popularizado no século XIX, visa propagar um ideal político-ideológico.

A multiplicidade feérica de interesses e ocupações de Bogdánov impressiona: como vimos, foi revolucionário e um dos fundadores do POSDR, além de político, cientista, pesquisador, psiquiatra, filósofo, médico de combate – áreas e experiências tomadas de empréstimo a serviço da obra pelo escritor. É como se o engenheiro da trama, dono da imaginação de um inventor, submetesse a pena do escritor de ficção e a tribuna do político ao rigor metodológico do cientista. Afirmar, dessa maneira, que Aleksandr Bogdánov "não foi propriamente um escritor de literatura" não significa que ele tenha sido um "escritor menor". Com efeito, pretendemos jogar luz, por um lado, na tradição a que se filiava nosso surpreendente autor, e, por outro, na maneira por meio da qual ele mobiliza, na tessitura do romance e na composição das personagens, o arsenal das ferramentas que sua formação polivalente e a riqueza de sua atuação, em especial como intelectual revolucionário, permitiu-lhe reunir.

São muitas as passagens em que emerge o filósofo, outras tantas em que sobressai o psiquiatra e o cientista social. Como

PREFÁCIO

um investigador da vida humana em sentido amplo, o autor empresta a própria psique, a interioridade (ou, se quisermos, a alma, o espírito), além da experiência e do conhecimento acumulados, às suas personagens, a fim de investigá-las, dissecá-las, encontrar os elementos que engendram, naquilo que temos de mais primordial e comum, cada uma das humanidades representadas – já não mais a da Terra e a de Marte, mas os seres humanos vivendo nos distintos sistemas: o capitalista e o socialista. Nesse ponto, parece exemplar um trecho sobre a transfusão de sangue na medicina tal como praticada em Marte, a qual, em última instância, representa uma transfusão interestelar, interplanetária, entre as humanidades.

> – [...]. A transfusão de sangue praticada na medicina de vocês – agora, muito raramente – possui um certo caráter filantrópico: aquele que tem muito dá a outro que tem uma necessidade aguda, em decorrência de, por exemplo, o sangramento grande de uma ferida. Isso também acontece aqui, é claro; mas sempre praticamos algo diferente, aquilo que corresponde a toda nossa organização: *uma troca de vida camarada não só na existência ideológica, mas também fisiológica.*[9]

A todo momento o narrador deste inusitado romance (até agora, inédito em língua portuguesa) nos faz imaginar outro mundo possível. Seus conhecimentos de física e matemática, bem como das áreas de astronomia, geologia, biologia e geografia são ferramentas fundamentais para a construção e a manutenção da verossimilhança na obra. Há uma explicação científica para cada coisa: por que os marcianos têm olhos enormes; por que as plantas em Marte são vermelhas e na Terra elas são verdes; por que e como as *eteronaves* podem voar pelo espaço infinito. No romance, vemos descritos com rigor não apenas os achados da época, como o da matéria radioativa por Marie Curie, mas outras tantas invenções com as quais a ciência, quando muito, ainda sonhava, como viagens espaciais, motores à reação, uso da energia

---

[9] Neste volume, p. 110. Grifo nosso.

19

nuclear, televisões estereoscópicas, computadores, automatização da produção, tecidos sintéticos e transfusões de sangue.

É interessante notar que, na narrativa, esses elementos cumprem a função de nexo entre os fatos representados, por mais fantásticos ou imaginativos que possam parecer, e asseguram a harmonia geral, a coerência interna da obra. *Estrela vermelha* é, assim, além de uma utopia, um romance de ficção científica. Ocorre que, nesta obra, o autor projeta o futuro por meio de um método científico, ou seja, do materialismo dialético baseado na destruição das antigas relações humanas para a construção de uma nova, já não de maneira idealizada, mas com base em fatores concretos, apontando não só para uma sociedade possível, mas precisamente para aquela pela qual lutam os comunistas, conforme preconizado por Karl Marx e Friedrich Engels.

O aspecto didático e de fácil compreensão com que o autor expõe os temas científicos aparece também na representação do socialismo em Marte, em sua organização econômica e social, na distribuição da força de trabalho, na divisão da produção, além de em como se dão os relacionamentos erótico-amorosos e de amizade, pautados no sentimento de camaradagem naquela humanidade – a qual, pela mesma razão que para Leonid, nos é tão estranha quanto próxima – e nesta Terra capitalista, em dois momentos distintos: no da escrita do romance, ou seja, apenas três anos após os eventos de 1905, e num futuro próximo, em que na Rússia triunfaria a revolução socialista.

É interessante também o fato de que *Estrela vermelha*, um romance de ficção científica utópico e uma peça de publicística de cunho político-ideológico, como ora observamos, contenha duas cartas – que servem de prólogo e epílogo a um informe político –, gênero textual não literário e de circulação interna nos partidos. É a marca do militante na própria estrutura do romance, que é ainda um panfleto comunista, um manifesto e um guia.

O modo de representação do real escolhido por Bogdánov configura um rompimento com a utopia tradicional: se, nesta última, o recurso mais amplamente utilizado é o método descritivo e as sociedades são representadas de maneira estática, muitas vezes isoladas no tempo-espaço, em *Estrela vermelha*, tanto o planeta

PREFÁCIO

Marte de Lenny quanto a Terra de Leonid são representados de maneira dinâmica, com bastantes trechos descritivos, mas também com narração e diálogos, solilóquios e até mesmo fluxos de consciência à personagens de Dostoiévski – doentios, febris e, no limite, reveladores das contradições humanas, mas capazes de apontar um caminho para sua superação, já não religioso, como o daquele autor, mas por meio da autoconsciência de sua condição.

Há outra inovação promovida por Aleksandr Bogdánov no que se refere a exploração e renovação do gênero da utopia, que, tradicionalmente, possui um caráter filosófico, quase desprovido de ação. Em vez disso, o autor insere traços romanescos, como peripécias, aventuras, reviravoltas, entrechos amorosos etc., característicos do realismo e do naturalismo do século anterior, enquanto se apropria das descobertas de outro gênero, o da ficção científica, incremento trazido pelos avanços tecnológicos e pela industrialização. O surgimento da distopia como gênero também data do mesmo período e igualmente promove uma apropriação da ficção científica e do método realista de narração. A diferença está nos mundos para os quais cada gênero aponta: enquanto utopias como *Estrela vermelha* propõem uma saída positiva e otimista para a humanidade – Marte é o espelho de uma possível sociedade terrena futura no momento em que a Terra realiza sua revolução social –, as distopias projetam saídas céticas e pessimistas, seja do futuro terreno, seja do contato com seres interplanetários, como se só pudéssemos conceber um terrível fim, pela via da autodestruição, e o capitalismo fosse a única forma de nos organizarmos.

Nascido no início do século XX, o gênero da distopia se desenvolveu tendo como pano de fundo duas guerras mundiais e diversas revoluções; ganhou fama nos anos 1990, quando também vinham à baila ideias que anunciavam o fim da história e das utopias, e popularizou-se de vez em nossa época. Também o mundo no alvorecer do século passado parecia colapsar, os acontecimentos testavam o otimismo dos mais convictos e o momento disruptivo produzia pessimismos absolutos. Tanto então quanto agora, o presente se ergue feito monstro, disposto a condenar o otimista do futuro ao mais inócuo nirvana civil. Bogdánov foge dessa lógica ao apontar uma saída positiva, fazendo de sua utopia uma antidistopia.

O mundo de *Estrela vermelha* não é um simples esforço imaginativo de como nossa sociedade poderia ser outra, diferente, mais justa e igualitária, distinta desta que sacrifica milhares de vidas humanas em nome do lucro de poucos seres viventes. Não há no livro uma idealização romântica do comunismo, um mundo sonhado, estável, imutável e, portanto, impossível. A utopia marciana, por mais irônico que possa parecer, demonstra que a superação do modo de produção capitalista será possível apenas se não nos guiarmos por fantasias. A representação do planeta vermelho empreendida no romance se dá por meio da análise científica de sua gênese, ou seja, quando e como se deu o desenvolvimento do capitalismo em Marte, bem como sua superação por meio da revolução social (a questão de ser socialista ou comunista essa sociedade, em nossa opinião, não está colocada e nem poderia, já que se trata de debate posterior). Já na comparação com a Terra, as diferenças nos estágios de desenvolvimento em que se encontram as humanidades, apesar de enormes, não representam muros (ou fronteiras), mas germes da criação de uma nova sociedade, com condições reais de ocorrer, sem perder de vista as contradições, as tendências e as particularidades do modo de produção terráqueo. Parece que o romance de Bogdánov não sucumbiu àquilo que Friedrich Engels havia identificado nos fundadores do socialismo, a saber: neste livro, o exercício imaginativo, tão necessário às narrativas de ficção, resistiu a "degenerar em pura fantasia", por mais que se trate de uma obra utópica de ficção científica. Poderia esse fato ser efeito de suas relações com Lênin, com o qual, todavia, estava prestes a romper? Isso não se pode afirmar; já a influência de Marx e Engels é evidente.

O ponto de vista materialista prevalece na visão de mundo geral que emana do romance – monológico, de modo que autor e narrador coincidem –, aparecendo nas falas das personagens e nas descrições do mundo estranho, alheio, organizado de maneira racional e igualitária, com seus inevitáveis impactos na vida cotidiana e nos modos de vida de sua humanidade, que a

PREFÁCIO

Lenny parecem tão superiores e inacessíveis, a ponto de sufocar e causar vertigem. Talvez, porém, o mais interessante da escrita de Bogdánov seja – e aqui estamos falando do autor do romance e não do autor do informe, criação engenhosa do primeiro – o uso do método dialético no que poderíamos chamar de tessitura dos fios narrativos. O autor de *Estrela vermelha*, na realidade, nos leva a Marte sem nunca nos deixar abandonar a Terra. Construída por meio da comparação entre dois mundos, a narrativa representa a síntese de um mundo possível.

A análise materialista das condições econômicas, políticas e sociais da vida terráquea permite ao autor apontar em dois sentidos. Em Marte, temos a utopia socialista, cuja representação é capaz de responder às perguntas de toda e qualquer pessoa que ouse imaginar – dos principiantes aos mais experimentados – como seria essa sociedade. Como será que se organiza a divisão do trabalho? Como seria a educação das crianças? Como seriam as moradias? Como se dariam as relações erótico-amorosas? Como seria o processo revolucionário mundial e o que aconteceria se ele, por um desvio burocrático, ficasse restrito a um único país? Algumas perguntas são instintivas, outras são de cunho empírico-teórico, algumas são incômodas e outras até parecem um sinal de alerta.

Talvez por isso os editores (ou censores?) soviéticos tiveram de mutilar o romance, cortando partes importantes, as quais, ainda que *a priori*, apresentavam ideias que contrariavam a linha oficial assumida pela URSS após 1930, a saber: o amor livre, a fruição sexual e de gênero sem as amarras de padrões previamente impostos, a questão das nacionalidades, o período de transição, entre outras – como o leitor poderá conferir nas notas de rodapé incluídas nesta tradução. Além dos cortes, é válido notar que, a partir da ascensão de Stálin, quando, ademais, as interferências diretas em obras de arte tornaram-se método, *Estrela vermelha* foi muito pouco publicado. Entre 1908 e 1929, recebeu diferentes reedições para depois cair no esquecimento e voltar a ser publicado só nos anos 1970, como parte de antologias de ficção científica. É que nem a utopia nem a distopia combinavam com o realismo socialista, que afirmava a construção do ideal do "aqui e agora".

23

O balanço que Lenny faz de sua tarefa no fim do informe, ao qual recomendamos especial atenção por parte do leitor, é sóbrio, tocante e rico de lições. De modo geral, a sinceridade de suas palavras revela questões muito básicas, esquecidas até mesmo em detrimento de sua obviedade: assumir os erros do passado é fundamental para não os repetir, mas ter errado não é razão para que não se tente outra vez. É preciso sonhar, como disse Lênin em *O que fazer?* – com a ressalva de que, como sugerido no próprio título desta obra, de nada valerá sonhar se, ao fazê-lo, não nos orientarmos à ação.

ESTRELA VERMELHA

Do doutor Werner ao literato Mírski

Caro camarada,

Envio-lhe as anotações de Leonid. Ele gostaria de publicá-las, e o senhor, melhor do que eu, poderá encaminhar isso. Ele desapareceu. Estou deixando o hospital e partindo em sua busca. Acredito que o encontrarei na região das montanhas, onde agora estão tendo início sérios acontecimentos. Pelo visto, o objetivo da fuga é uma tentativa indireta de suicídio. Isso é resultado daquela mesma doença mental. Entretanto, ele já estava bem próximo da completa recuperação.
Assim que eu souber de algo, comunico-lhe.

Saudações calorosas,

do seu K. Werner.
24 de julho de 190? (8-9; ilegível)

O MANUSCRITO DE LEONID
PARTE I

1. O rompimento

Tudo isso aconteceu quando apenas se iniciava em nosso país a grande ruptura que se estende até agora e que, acredito, aproxima-se de seu fim temível e inevitável.

Seus sangrentos primeiros dias abalaram tão profundamente a consciência pública que todos esperavam por um fim rápido e feliz da luta: parecia que todo o mal já tinha se passado e que nada pior estivesse por vir. Ninguém imaginava até que ponto eram tenazes os braços ossudos do defunto que sufocava – e continua a sufocar – o vivo em seus abraços convulsivos.

O fervor da batalha se espalhava velozmente entre as massas. A alma das pessoas se abria com abnegação ao futuro; o presente se dissipava em uma névoa cor-de-rosa, e o passado se afastava para um lugar distante, desaparecendo da vista. Todas as relações humanas se tornaram instáveis e frágeis, como nunca antes.

Naqueles dias, aconteceu algo que virou minha vida do avesso e me arrancou do fluxo da luta do povo.

Apesar de meus 27 anos, eu estava entre os trabalhadores "velhos" do partido. Já se contavam em minhas costas seis anos de trabalho, com apenas o intervalo de um ano na prisão. Antes de muitos outros, pressenti a tempestade vindoura e a recebi com mais tranquilidade. Havia muito mais trabalho que antes; mas, apesar disso, eu não abandonava nem meus estudos científicos – me interessava, sobretudo, a questão da composição da matéria – nem os literários: escrevia para revistas infantis, o que me dava meios de sobrevivência. Ao mesmo tempo, eu amava... ou tinha a impressão de que estava amando.

Seu nome no partido era Anna Nikoláievna.

Ela integrava outra corrente de nosso partido, mais moderada. Isso eu atribuía à sua natureza terna e à confusão geral das relações políticas em nosso país; apesar de mais velha que eu, me parecia que ainda não havia se definido muito bem como pessoa. Nisso eu me enganei.

Logo depois de nos aproximarmos, a diferença entre nossas naturezas começou a se manifestar de modo cada vez mais nítido e doloroso para ambos. Pouco a pouco, ela tomou a forma de uma profunda discordância de ideias no que se refere à compreensão do trabalho revolucionário e à compreensão do sentido de nossa própria relação[1].

Para a revolução, ela tinha ido sob a bandeira do dever e do sacrifício; já eu, sob a bandeira da minha livre vontade. Ao grandioso movimento do proletariado, ela aderiu como uma moralista, que encontra prazer em sua moralidade superior; já eu, como um amoralista, que simplesmente ama a vida, deseja seu florescimento superior e, por isso, ingressa na corrente que encarna o principal caminho da história em direção a esse florescimento. Para Anna Nikoláievna, a ética proletária era sagrada por si só; já eu considerava que se trata de um artefato útil, necessário à classe trabalhadora em sua luta, porém transitório, assim como essa própria luta e o modo de vida que a engendrou. Na opinião de Anna Nikoláievna, na sociedade socialista, era possível prever apenas a transformação da moral de classe do proletariado em universal; já eu acreditava que o proletariado caminhava para a eliminação de qualquer moral e que o sentimento social que faz com que as pessoas se tornem camaradas no trabalho, na alegria e no sofrimento se desenvolverá em completa liberdade somente quando se despir do invólucro fetichista de moralidade. E dessas divergências nasciam, muitas vezes, contradições na avaliação dos

---

[1] Este parágrafo e os dois seguintes foram suprimidos das edições posteriores publicadas na União Soviética.

fatos políticos e sociais, contradições estas, pelo visto, impossíveis de serem conciliadas.

Ainda mais aguda foi a divergência de opiniões sobre nosso relacionamento. Ela considerava que o amor obriga a concessões, sacrifícios e, principalmente, a fidelidade enquanto durar o casamento. Eu, de fato, não pretendia de modo algum estabelecer novos laços, mas também não podia reconhecer a obrigação da fidelidade justamente como uma obrigação. Eu até pressupunha que a poligamia é, por princípio, superior à monogamia, uma vez que é capaz de oferecer às pessoas uma riqueza ainda maior na vida particular e uma maior variedade de desejos na esfera da hereditariedade. A meu ver, apenas as contradições da ordem burguesa fazem com que, no nosso tempo, a poligamia seja algo, em parte, totalmente irrealizável e, em parte, um privilégio dos exploradores e parasitas, que contaminam tudo com sua psicologia em putrefação; é dever do futuro trazer a profunda transformação. Tais opiniões deixavam Anna Nikoláievna cruelmente revoltada: ela via nelas uma tentativa de revestir com outra forma um tratamento grosseiramente sensual em relação à vida.

Mas, apesar disso, não previ nem pressupus o rompimento até que entrasse em nossa vida uma influência externa que acelerou o desenlace.

Mais ou menos naquela época, chegou à capital[2] um jovem cujo codinome não era comum entre nós: Menny. Trazia do sul algumas mensagens e instruções pelas quais se podia notar que gozava da plena confiança dos camaradas. Tendo cumprido seu dever, decidiu permanecer na capital por mais algum tempo e começou a nos visitar com certa frequência, revelando uma nítida inclinação a se aproximar mais de mim.

Era uma pessoa original em muitos sentidos, a começar pela aparência. Seus olhos ficavam de tal modo mascarados atrás de uns óculos muito escuros que eu nem mesmo sabia de que cor eram; sua cabeça era um tanto grande, desproporcional; os traços de seu rosto, bonitos, mas surpreendentemente imóveis e

---

[2] À época, São Petersburgo.

sem vida, não harmonizavam de modo algum com sua voz suave e expressiva, tampouco com sua compleição, esbelta e flexível como a de um jovem. Sua fala era livre e fluente, sempre repleta de conteúdo. Sua formação científica era muito unilateral; sua especialidade, ao que parecia, era a engenharia.

Na conversa, Menny com frequência tendia a reduzir as questões particulares e práticas aos fundamentos ideológicos gerais. Quando nos visitava, sempre acontecia de as contradições das naturezas e de pontos de vista entre mim e minha esposa muito rapidamente sobressaírem, de modo tão claro e vivo que começávamos a sentir dolorosamente a sua falta de saída. Pelo visto, a visão de mundo de Menny era parecida com a minha; sempre se expressava com muita suavidade e cautela na forma, mas a essência era igualmente afiada e profunda. As divergências políticas entre Anna Nikoláievna e mim, ele sabia relacionar de modo tão hábil com a fundamental diferença de nossas visões de mundo, que tais divergências pareciam psicologicamente ine-vitáveis, quase como suas conclusões lógicas, e assim desaparecia qualquer esperança de um influenciar o outro, de suavizarem-se as contradições e de chegar a algo em comum. Anna Nikoláievna nutria em relação a Menny algo semelhante ao ódio, conjugado a um vivo interesse. Em mim, ele suscitava um grande respeito e uma vaga desconfiança: eu sentia que ele caminhava para algum objetivo, mas não conseguia entender qual.

Em um dia de janeiro – já era o fim do mês –, anunciava-se uma discussão, nos grupos dirigentes de ambas as tendências do partido, sobre o projeto de uma manifestação em massa que, provavelmente, terminaria em conflito armado. Na véspera, à noite, Menny veio nos visitar e levantou a questão da participação nessa manifestação, caso fosse aprovada, dos próprios dirigentes do partido. Travou-se uma discussão que rapidamente tomou um caráter inflamado.

Anna Nikoláievna declarou que qualquer um que votasse a favor da manifestação teria a obrigação moral de caminhar nas primeiras fileiras. Eu achava que isso não era de modo algum obrigatório e que tinham de ir aqueles que ali fossem necessários ou que pudessem ser seriamente úteis, tendo em vista aí a mim mesmo como alguém com certa experiência nesse tipo de assunto. Menny foi mais longe e declarou que, como o conflito com o Exército parecia ser inevitável, deveriam encontrar-se no campo de ação os agitadores de rua e os organizadores militares, enquanto para os dirigentes políticos não haveria lugar, e as pessoas fisicamente fracas e nervosas poderiam ser até mesmo bastante prejudiciais. Anna Nikoláievna se sentiu diretamente insultada por esses argumentos, que lhe pareceram dirigidos contra ela em especial. Cortou a conversa e se retirou a seu quarto. Logo Menny se retirou também.

No dia seguinte, tive de me levantar cedo e parti sem ver Anna Nikoláievna, para retornar já à noite. A manifestação havia sido recusada tanto por nosso comitê quanto, como fiquei sabendo, pela direção da outra corrente. Eu estava satisfeito com isso, pois sabia quão insuficiente era o preparo para um conflito armado e considerava essa manifestação um desperdício infrutífero de forças. Parecia-me que essa decisão diminuiria um pouco a gravidade da irritação de Anna Nikoláievna causada pela conversa do dia anterior. Em minha escrivaninha, encontrei um bilhete seu: "Estou partindo. Quanto mais lhe entendo, e também a mim mesma, mais se torna claro que estamos seguindo caminhos diferentes e que ambos estamos equivocados. É melhor não nos encontrarmos mais. Perdoe-me".

Vaguei pelas ruas por um longo tempo, exausto, com uma sensação de vazio na cabeça e o coração enregelado. Ao retornar à casa, encontrei uma visita inesperada: Menny estava sentado em minha escrivaninha e redigia um bilhete.

2. O convite

– Preciso conversar com você sobre um assunto muito sério e um tanto estranho – disse Menny.

Para mim, tanto fazia; sentei-me e preparei-me para escutar.

– Li sua brochura sobre os elétrons e a matéria – começou ele. – Também estudei essa questão por vários anos e acredito que há em sua brochura muitas ideias verdadeiras.

Fiz um aceno silencioso. Ele continuou:

– Nesse trabalho, há uma observação que me é de particular interesse. Você expressa ali a hipótese de que a teoria elétrica da matéria, ao representar, necessariamente, a força de gravidade como sendo derivada das forças elétricas de atração e de repulsão, deve resultar na descoberta da força gravitacional como polo oposto, ou seja, a obtenção de um tipo de matéria que é repelido, e não atraído pela Terra, pelo Sol e por outros corpos celestes que conhecemos; você indicou como comparação a repulsão diamagnética dos corpos e a repulsão das correntes paralelas de direções distintas. Tudo isso é dito de passagem, mas eu acho que você confere a isso uma importância muito maior do que quis revelar.

– Você tem razão – respondi –, e acho que é justamente por esse caminho que a humanidade resolverá tanto a questão de um trânsito aéreo bastante livre quanto a questão da comunicação entre os planetas. Independentemente de essa ideia ser correta ou não, ela será totalmente inútil enquanto não surgir uma teoria precisa sobre a matéria e a gravidade. Ainda que exista outro tipo de matéria, pelo visto, não será tão simples assim encontrá-lo: em consequência da força de repulsão, já foi há muito tempo eliminado do Sistema Solar; ou – o que é ainda mais provável – nem sequer fez parte de sua composição quando este começou a se organizar como uma nebulosa. Quer dizer, esse tipo de matéria ainda precisa ser construído na teoria e, depois, reproduzido na prática. Neste momento, não há dados para isso e, em essência, é possível apenas vislumbrar a tarefa.

– No entanto, essa tarefa já foi resolvida – disse Menny.

Olhei-o com espanto. Seu rosto continuava imóvel como de costume, mas no tom de sua voz havia algo que não permitia considerá-lo um charlatão.

"Talvez ele seja louco", passou por minha cabeça.

– Não tenho necessidade de enganá-lo, e sei bem o que estou dizendo – disse ele em resposta a meu pensamento. – Ouça-me com paciência e, se for preciso, darei as provas.

E ele me contou o seguinte:

– A grandiosa descoberta de que se trata não foi feita pelo esforço de um único indivíduo. Pertence a toda uma sociedade científica que existe há bastante tempo e que vem trabalhando há muito nessa direção. Até o momento, essa sociedade se mantém secreta, e não estou autorizado a lhe apresentar mais de perto sua origem e sua história enquanto não conseguirmos concordar sobre o principal.

"Nossa sociedade ultrapassou em muito o mundo acadêmico em diversas questões importantes da ciência. Nós descobrimos os elementos irradiantes e sua distribuição bem antes de Curie e Ramsay[3], e nossos camaradas conseguiram levar a análise da composição da matéria bem mais adiante e mais a fundo. No decorrer, foi prevista a possibilidade da existência dos elementos repelidos por corpos terrestres e, em seguida, foi realizada a síntese dessa 'matéria-menos', como nós a denominamos de maneira sucinta.

"Depois disso, não foi difícil elaborar e implementar as aplicações técnicas dessa descoberta: primeiro, os aparelhos voadores para a locomoção na atmosfera terrestre e, então, para a comunicação com outros planetas."

Apesar do tom calmo e persuasivo de Menny, sua história me pareceu bastante estranha e pouco verídica.

– E vocês conseguiram realizar tudo isso mantendo segredo? – notei eu, interrompendo sua fala.

– Sim, porque consideramos isso de extrema importância. Acreditávamos que seria muito perigoso publicar nossas descobertas científicas enquanto a maioria dos países permanece sob governos reacionários. E você, como um revolucionário russo, deveria concordar conosco mais que ninguém. Veja como seu Estado asiático usa os meios de comunicação e de extermínio europeus para oprimir e erradicar tudo que vocês têm de vivo e progressista. Ou seria muito melhor o governo daquele país semifeudal, semiconstitucional, cujo trono é ocupado por um tolo tagarela beligerante dirigido por nobres trapaceiros? E o que dizer até mesmo das duas repúblicas burguesas da Europa? Está claro que, se nossas máquinas voadoras se tornassem conhecidas, os governos, em primeiro lugar, cuidariam de transformá-las em seu monopólio e usá-las para reforçar o poder e a soberania das

---

[3] Referência aos cientistas Marie Curie (1867-1934) e William Ramsay (1852-1916).

classes altas. Não queremos isso de jeito nenhum e, portanto, mantivemos nós mesmos o monopólio, à espera de condições mais favoráveis.

– E vocês já conseguiram mesmo alcançar outros planetas? – perguntei.

– Sim, os dois planetas telúricos mais próximos, Vênus e Marte, sem contar, é claro, a Lua morta. Agora estamos ocupados justamente com o estudo minucioso deles. Temos todos os meios necessários e precisamos de pessoas firmes e confiáveis. Em nome de meus camaradas, ofereço-lhe a possibilidade de juntar-se a nossas fileiras, obviamente, com todos os direitos e todas as obrigações decorrentes disso.

Ele se deteve, à espera de uma resposta. Eu não sabia o que pensar.

– Provas! – eu disse – Você prometeu apresentar provas.

Menny tirou do bolso um frasco de vidro com um líquido metálico que tomei por mercúrio. Estranhamente, porém, esse líquido, que preenchia não mais que um terço do frasco, não se encontrava em seu fundo, mas na parte de cima, desde perto do gargalo até a própria rolha. Menny virou o frasco, e o líquido correu para o fundo, ou seja, diretamente para cima. Menny soltou o frasco das mãos, e ele ficou flutuando no ar. Era inacreditável, mas indubitável e evidente.

– Este frasco é de um vidro ordinário – explicou Menny –, mas seu líquido é repelido pelos corpos do Sistema Solar. Há líquido na exata quantidade para contrabalançar o peso do frasco; desse modo, juntos, eles não têm peso. É por meio desse mesmo método que construímos todos os aparelhos voadores: são feitos de materiais ordinários, mas contêm em si um reservatório preenchido pela quantidade suficiente de "matéria de tipo negativo". Resta então conferir a todo esse sistema desprovido de peso a velocidade de movimento adequada. Nas máquinas voadoras para uso terrestre, são empregados propulsores elétricos simples com hélice; para o trânsito interplanetário, esse meio, claro, não serve, e nesse caso utilizamos um método completamente diferente, o qual, mais tarde, posso lhe apresentar mais de perto.

Não restavam mais dúvidas.

ESTRELA VERMELHA

– Quais, então, seriam as restrições que sua sociedade coloca àqueles que nela ingressam, além, é claro, do sigilo obrigatório? – Na verdade, quase nenhuma. Nem a vida privada nem a atividade social dos camaradas são limitadas, desde que não ponham em risco a atividade da sociedade como um todo. Mas cada um deve, no momento de seu ingresso, cumprir na sociedade alguma missão importante e de responsabilidade. É um meio de, por um lado, firmar sua ligação com a sociedade e, por outro, demonstrar na prática o nível de suas habilidades e energia.

– Então, agora, eu também teria de cumprir uma missão dessas?

– Sim.

– Qual exatamente?

– O senhor terá de participar da expedição da grande eteronave[4] que parte amanhã ao planeta Marte.

– E quanto tempo vai durar essa expedição?

– Isso não se sabe. Só os trajetos de ida e de volta exigem não menos que cinco meses. Mas é possível que não haja volta.

– Isso eu entendo; não é esse o ponto. O que fazer com meu trabalho revolucionário? Você mesmo, pelo visto, é um social-democrata[5] e deve entender minha dificuldade.

– Decida. Nós consideramos necessária uma pausa em seu trabalho para finalizar seu treinamento. A missão não pode ser adiada. Desistir dela é desistir de tudo.

Fiquei pensativo. Com a entrada em cena das amplas massas, a ausência de um ou outro trabalhador no partido é, em essência, um fato absolutamente insignificante para a causa como um todo. Além disso, tratava-se de uma ausência temporária e, ao voltar ao trabalho, eu seria muito mais útil com meus novos contatos, conhecimentos e meios. Tomei minha decisão.

– Quando é que devo partir?

– Agora, comigo.

---

[4]   Literalmente, nave para viagem no éter.

[5]   Referência ao Partido Operário Social-Democrata Russo, fundado por Vladímir Lênin em 1898, do qual Bogdánov fez parte integrando, inclusive, o Comitê Central até 1910.

– O senhor me daria duas horas para informar os camaradas? Eles precisam me substituir na regional amanhã mesmo.

– Isso já está quase feito. Hoje chegou Andrei, foragido do sul. Eu o avisei que você poderia estar para partir, e ele está pronto para ocupar seu lugar. Enquanto esperava por você, escrevi a ele, caso fosse preciso, uma carta com as instruções necessárias. Podemos levar-lhe essa carta no caminho.

Não havia mais o que discutir. Eu, depressa, destruí a papelada dispensável, escrevi um bilhete para a senhoria e comecei a me vestir. Menny já estava pronto.

– Então, vamos. A partir de agora, sou seu prisioneiro.

– Você é meu camarada – respondeu Menny.

3. A noite

O apartamento de Menny ocupava todo o quinto andar de um edifício grande que se erguia isolado em meio às casas pequeninas de um dos subúrbios da capital. Ninguém nos recebeu. Os cômodos pelos quais passamos estavam vazios, e, à luz brilhante das lâmpadas elétricas, esse vazio parecia especialmente sombrio e antinatural. No terceiro cômodo, Menny parou.

– Bem aqui – ele apontou para a porta do quarto cômodo – está o barquinho aéreo, no qual iremos até a grande eteronave. Mas, antes, devo me submeter a uma pequena transformação. Com esta máscara, fica difícil pilotar a gôndola.

Ele desabotoou o colarinho e tirou junto com os óculos aquela máscara confeccionada de modo surpreendente que eu, até então, como todos os demais, tomara por seu rosto. Fiquei espantado com o que vi. Seus olhos eram monstruosamente enormes, como olhos humanos jamais seriam. Suas pupilas estavam dilatadas mesmo em relação à grandeza antinatural dos próprios olhos, o que lhes conferia uma expressão quase medonha. A parte superior da face e da cabeça era tão larga quanto bastasse para acomodar olhos daquele tamanho; a parte inferior, ao contrário, sem quaisquer vestígios de barba ou bigode, era relativamente pequena. Tudo junto causava uma impressão de extrema originalidade e até, talvez, de feiura, mas não caricaturesca.

ESTRELA VERMELHA

– Você está vendo com que aparência a natureza me presenteou – disse Menny. – Você entende que devo escondê-la, nem que seja apenas para não assustar as pessoas, isso sem falar das exigências da conspiração. Mas o senhor terá de se acostumar à minha feiura, pois terá que passar muito tempo comigo.

Ele abriu a porta do quarto seguinte e o iluminou. Era um cômodo espaçoso. No centro, encontrava-se um barquinho de metal e vidro pequeno, mas bastante amplo. Na parte dianteira, as laterais e o fundo eram de vidro, com arremates de aço; esse casco transparente de dois centímetros de espessura era, ao que parecia, bastante resistente. Acima das laterais da proa, havia duas placas de cristal formando um ângulo agudo que deveriam cortar o ar e proteger os passageiros do vento durante o movimento rápido. O motor ficava no centro do barco, e a hélice com três pás, de meio metro de largura, ficava na popa. A parte dianteira do barquinho, junto com o motor, era coberta por um toldo de placa fina, afixado na forja de metal das laterais de vidro e em leves colunas de aço. O conjunto parecia um requintado brinquedo.

Menny me convidou para sentar no banquinho lateral da gôndola, apagou a luz elétrica e abriu a enorme janela da sala. Ele mesmo se sentou na frente, perto do motor, e atirou para fora alguns sacos de balastro que estavam no chão do barco. Depois, pousou a mão na alavanca do motor. O barco trepidou, ergueu-se vagarosamente e deslizou em silêncio pela janela aberta.

– Graças à matéria-menos, nossos aeroplanadores não precisam de asas frágeis e desajeitadas – observou Menny.

Fiquei sentado como se estivesse acorrentado, sem ousar me mexer. O barulho da hélice se tornava cada vez mais alto, o ar frio do inverno que irrompia por debaixo do toldo trazia um frescor agradável a meu rosto ardente, mas sem forças para penetrar em minhas vestes. Acima de nós, brilhavam, cintilantes, milhares de estrelas, e abaixo... Eu via através do chão transparente da gôndola como as manchas pretas das casas iam diminuindo e os pontinhos claros dos postes elétricos da capital iam se afastando; as planícies nevadas reluziam ao longe embaixo de nós, em uma luz opaca branco-azulada. A vertigem, de início leve e quase agradável, ficava cada vez mais forte, e eu fechei os olhos para me livrar dela.

39

O fluxo de ar se tornava cada vez mais cortante, o barulho da hélice e os uivos do vento, cada vez mais agudos; pelo visto, a velocidade estava aumentando. Em meio a esses sons, meu ouvido logo passou a distinguir um silvo fino, incessante e bastante regular. Era o casco de vidro da gôndola, que vibrava ao cortar o ar. Uma estranha música enchia a consciência, os pensamentos se emaranhavam e fugiam, restava apenas a sensação de um movimento espontaneamente leve e livre, que levava a algum lugar mais e mais adiante no espaço infinito.

– Quatro quilômetros por minuto – disse Menny, e eu abri os olhos.

– Ainda está longe? – perguntei.

– Cerca de uma hora de viagem. Vamos pousar sobre um lago congelado.

Estávamos à altitude de algumas centenas de metros, e o barco voava na horizontal, sem descer nem subir. Meus olhos se acostumaram à escuridão, e eu via com mais clareza. Ingressamos no país dos lagos e dos penhascos de granito. Esses penhascos negrejavam nos pontos onde não havia neve. Entre eles, aqui e ali, amontoavam-se aldeiazinhas.

À esquerda, às nossas costas, ficou ao longe o campo nevado de uma baía congelada, à direita, as brancas planícies de um enorme lago. Era nessa paisagem invernal sem vida que eu teria de romper meus laços com a antiga terra. E de repente senti – não era dúvida, não, mas uma convicção verdadeira – que esse rompimento seria para sempre...

A gôndola pousou lentamente, entre os penhascos, na pequena baía de um lago de montanha, diante de uma construção escura que se erguia na neve. Não se viam janelas nem portas. Uma parte do revestimento de metal da construção moveu-se lentamente para o lado, revelando uma abertura escura pela qual entrou nosso barco. Em seguida, a abertura se fechou novamente, e o espaço onde nos encontrávamos foi iluminado por uma luz elétrica. Era uma sala grande, alongada, sem mobília; no chão, havia um monte de sacos com balastro.

Menny atracou a gôndola em uma das colunas especialmente destinadas a isso e abriu uma das portas laterais. Ela levava a um

ESTRELA VERMELHA

corredor comprido e mal iluminado. Nas laterais, ao que parecia, localizavam-se as cabines. Menny me conduziu a uma delas e disse:
– Esta é sua cabine. Acomode-se aqui, e eu irei para a casa das máquinas. Nos vemos amanhã de manhã.

Fiquei contente por estar sozinho. Passada toda a agitação causada pelos acontecimentos da noite, o cansaço se fez sentir, e deixei intacto o jantar que me foi servido à mesa; apaguei a lâmpada e me deitei na cama. Pensamentos absurdos se confundiam em minha cabeça, passando de objeto a objeto da maneira mais inesperada. Eu insistia em me forçar a pegar no sono, mas durante muito tempo não consegui. Por fim, a consciência se turvou, e imagens vagas, instáveis, começaram a se amontoar diante de meus olhos, o que estava à minha volta se dissipou para um lugar distante e sonhos pesados dominaram meu cérebro.

O encadeamento dos sonhos terminou em um terrível pesadelo. Eu estava à beira de um enorme abismo negro, no fundo do qual brilhavam estrelas, e Menny me atraía para baixo com uma força irresistível, dizendo-me que não deveria temer a força da gravidade e que, em algumas centenas de milhares de anos em queda, alcançaríamos a estrela mais próxima. Eu gemi, debatendo-me em uma última luta agonizante, e acordei.

Uma terna luz azul preenchia meu quarto. Sentado na cama junto a mim, inclinava-se em minha direção... Menny? Sim, era ele, mas fantasmagórico e estranho como se fosse outro: parecia ter ficado muito menor, e seus olhos não sobressaíam de forma tão nítida no rosto, sua expressão era suave e bondosa, e não fria e implacável como há pouco, na beira do abismo...

– Como você é bom... – pronunciei, percebendo vagamente essa mudança.

Ele sorriu e pousou a mão em minha testa. Era uma mão pequena e macia. Novamente, fechei os olhos e, com o pensamento absurdo de que precisava beijar essa mão, me entreguei a um sono tranquilo e feliz.

41

4. A explicação

Quando acordei e iluminei o quarto, o relógio mostrava dez horas. Ao terminar minha toalete, apertei o botão da campainha, e em um minuto Menny entrou no quarto.

– Partiremos logo? – perguntei.

– Em uma hora – respondeu Menny.

– Foi você que passou no meu quarto esta noite ou foi apenas um sonho?

– Não, não era um sonho, mas quem passou não fui eu, e sim nosso jovem médico, Netty. Você dormiu mal, teve um sono agitado, e ele precisou adormecê-lo com luz azul e hipnose.

– É seu irmão?

– Não – disse Menny sorrindo.

– Você até agora não me disse qual é sua nacionalidade... Seus outros camaradas são do mesmo tipo que você?

– Sim – respondeu Menny.

– Então você me enganou – eu disse bruscamente. – Não é uma sociedade científica, mas algo diferente.

– Sim – respondeu Menny com calma. – Todos nós somos habitantes de outro planeta, espécimes de outra humanidade. Somos marcianos.

– Mas por que você me enganou?

– E você teria me escutado se eu lhe tivesse contado logo toda a verdade? Havia muito pouco tempo para convencê-lo. Precisei distorcer a verdade por questão de credibilidade. Sem esse estágio transitório, sua consciência seria abalada em demasia. Mas, quanto ao principal, eu disse a verdade: sobre a viagem que está por vir.

– Então, no fim das contas, sou um prisioneiro?

– Não, mesmo agora, você continua livre. E ainda tem uma hora para decidir essa questão. Se você, nesse período, recusar, nós o levaremos de volta e adiaremos a viagem, porque agora, para nós, não faz sentido voltarmos sozinhos.

– Mas por que vocês precisam de mim?

– Para servir de elo vivo entre a nossa humanidade e a da Terra, para que os marcianos se familiarizem com o modo de

ESTRELA VERMELHA

vida terráqueo mais de perto, para ser – enquanto você assim desejar – representante do seu planeta no nosso mundo.
– E esta é já toda a verdade?
– Sim, toda, se você se sentir à altura desse papel.
– Nesse caso, é preciso tentar. Fico com vocês.
– Esta é sua decisão final? – perguntou Menny.
– Sim, se sua última explicação não representar algum... estágio transitório.
– Então, vamos – disse Menny, sem dar atenção a minha última alfinetada. – Agora vou dar as últimas instruções ao maquinista, depois retorno e vamos observar juntos a partida da eteronave.

Ele saiu e eu me entreguei aos pensamentos. Nossa explicação, em essência, não foi totalmente concluída. Restara ainda uma pergunta, e bastante séria; mas não me atrevi a fazê-la a Menny. Ele teria contribuído conscientemente para o rompimento entre Anna Nikoláievna e mim? Pareceu-me que sim. É provável que a tenha visto como um obstáculo a seu objetivo. Talvez tivesse razão. Em todo caso, pôde apenas apressar esse rompimento, mas não criá-lo. É claro que mesmo isso se mostrou uma intromissão ousada em meus assuntos pessoais. Agora, porém, eu já estava ligado a Menny, e de todo modo tive de reprimir minha hostilidade em relação a ele. Assim, não havia necessidade de tocar o passado, e era melhor nem pensar sobre essa questão.

Em geral, essa nova reviravolta não me deixou muito surpreso: o sono recuperara minhas forças, e me surpreender com alguma coisa depois de tudo o que tinha vivido na véspera já seria bastante difícil. Era preciso apenas elaborar um plano para as próximas ações.

Pelo visto, a tarefa consistia em me orientar o mais rápida e completamente possível nesse meu novo ambiente. O melhor seria começar pelo que estava mais próximo e passo a passo alcançar o mais distante. O mais próximo seria a eteronave, seus habitantes e o início da jornada. Marte ainda estava longe: no mínimo, a uma distância de dois meses, como se poderia concluir a partir das palavras ditas na noite anterior por Menny.

Ainda na véspera, eu tivera tempo de observar a forma exterior da eteronave: era quase uma esfera, com a porção inferior aplainada, semelhante a um ovo de Colombo colocado de pé – forma calculada para, é claro, garantir o maior volume com a menor superfície, ou seja, com um menor consumo de materiais e uma menor área de resfriamento. Quanto aos materiais, pareciam predominar o alumínio e o vidro. A disposição interna, quem teve de me mostrar e me explicar foi Menny; ele também me apresentou aos demais "monstros", como eu chamava mentalmente os meus novos camaradas.

Ao voltar, Menny me levou aos outros marcianos. Todos estavam reunidos na sala lateral, com uma enorme janela de cristal que ocupava metade da parede. A verdadeira luz do Sol era muito agradável depois da luz fantasmagórica das lâmpadas elétricas. Os marcianos contavam umas vinte pessoas, e todos, como então me pareceu, tinham as mesmas feições. A ausência de barba, bigode, rugas suavizavam até mesmo a diferença de idade. Sem querer, eu acompanhava Menny com os olhos, para não perdê-lo em meio a esse grupo que me era estranho. Entretanto, logo comecei a distinguir entre eles meu visitante, Netty, que se destacava por sua juventude e vivacidade, e também um gigante de ombros largos, Sterny, que me espantou por sua expressão estranhamente fria, quase sinistra. Além do próprio Menny, apenas Netty falava comigo em russo, Sterny e mais três ou quatro pessoas em francês, outros em inglês e em alemão, mas entre si conversavam em um idioma totalmente novo para mim, provavelmente o nativo. Esse idioma era sonoro e belo, e, como observei com prazer, não parecia apresentar nenhuma dificuldade particular na pronúncia.

5. A partida

Por mais interessantes que fossem os "monstros", minha atenção dirigia-se principalmente, à minha revelia, ao solene momento da "partida" que se aproximava. Eu olhava fixamente para a superfície nevada que se encontrava diante de nós e para a parede íngreme de granito que se erguia atrás dela. Eu esperava que logo, logo fosse sentir um impulso brusco e que tudo isso começaria a tremeluzir rapidamente, afastando-se de nós. Mas nada disso aconteceu.

ESTRELA VERMELHA

Um movimento silencioso, lento, quase imperceptível começou a nos separar aos poucos da superfície coberta de neve. Durante alguns segundos, mal se podia sentir a elevação.

– Dois centímetros de aceleração – disse Menny.

Eu entendi o que isso significava. No primeiro segundo, percorreríamos apenas um centímetro, no segundo, três, no terceiro, cinco, no quarto, sete centímetros; a velocidade seria o tempo todo alterada, aumentando continuamente em progressão aritmética. Em um minuto, alcançaríamos a velocidade de uma pessoa caminhando, em 15 minutos, a de um trem expresso – e assim por diante.

Nós nos movimentávamos de acordo com a lei da queda dos corpos, mas estávamos caindo para cima e 500 vezes mais lentamente que os corpos pesados comuns que caem próximo à superfície terrestre.

A vidraça da janela começava do chão, compondo com ele um ângulo obtuso, e seguia conforme a direção da superfície esférica da eteronave, da qual fazia parte. Graças a isso, poderíamos, ao nos inclinar para a frente, ver também aquilo que estava abaixo de nós.

Estávamos nos afastando cada vez mais rápido da Terra, e o horizonte se expandia. As manchas escuras dos penhascos e das aldeias diminuíam, e o contorno dos lagos desenhava-se como num mapa. Já o céu, tornava-se mais escuro; e no momento em que a linha azul do mar degelado preencheu o lado oeste do horizonte, meus olhos já começaram a distinguir as estrelas mais brilhantes à luz do sol do meio-dia.

O movimento de rotação muito vagaroso da eteronave em torno de seu eixo vertical nos permitia ver todo o espaço ao redor.

Pareceu-nos que o horizonte se elevava conosco, e a área da Terra sob nós dava a impressão de um enorme pires côncavo com decoração em relevo. Seus contornos tornavam-se mais miúdos, toda a paisagem assumia cada vez mais o caráter de um mapa geográfico com traços nítidos no centro e vagos e opacos nas bordas, onde tudo se encobria com uma névoa azulada translúcida. Já o céu fez-se completamente negro, e as inúmeras estrelas, até as mais pequeninas, cintilavam com uma luz calma, estável,

45

sem medo do Sol brilhante, cujos raios se tornaram de tal modo ardentes que chegava a doer.

– Diga, Menny, essa aceleração de dois centímetros, com a qual agora nos movimentamos, vai continuar durante toda a jornada?

– Sim – respondeu ele –, só que sua direção será alterada, mais ou menos na metade do caminho, para a reversa, e a velocidade, então, não vai aumentar, e sim diminuir a cada segundo na mesma grandeza. Desse modo, embora a velocidade máxima da eteronave seja de 50 quilômetros por segundo, e a velocidade média de cerca de 25 quilômetros, no momento da chegada será tão baixa quanto no início da jornada, e nós, sem qualquer impulso ou tranco, pousaremos na superfície de Marte. Sem essas enormes variações de velocidade, não poderíamos chegar nem na Terra nem em Vênus, porque até essas distâncias mais próximas – de 60 milhões a 100 milhões de quilômetros –, na velocidade de seus trens, por exemplo, seriam percorridas em questão de séculos, e não meses, como estamos fazendo agora. Quanto ao método de "tiro de canhão" sobre o qual li nos romances fantásticos de vocês é pura piada, claro, pois pelas leis da mecânica dá praticamente no mesmo estar no interior da bala de canhão durante o tiro ou ser acertado em cheio pela bala.

– E como vocês conseguem uma aceleração e uma desaceleração tão uniformes?

– A força motriz da eteronave é uma das substâncias irradiantes[6] que conseguimos minerar em grandes quantidades. Encontramos um meio de acelerar o decaimento de seus elementos em centenas de milhares de vezes; isso é feito em nossos propulsores com a ajuda de técnicas eletroquímicas bastante simples. Dessa maneira, é liberada uma grande quantidade de energia. As partículas dos átomos desintegrados se espalham, como você sabe, com uma velocidade que supera em dezenas

---

[6] No texto original, o autor usa a palavra "irradiante" [радиирующий/*radiíruischi*] e não "radioativo" [радиоактивный/*radioktívny*]. Provavelmente, isso se deve ao fato de que, à época, a descoberta da radioatividade por Marie Cury era recente. Além disso, tal palavra só entra para o vocabulário da língua portuguesa em 1913, portanto, após a escrita do romance.

de milhares de vezes a velocidade das granadas de artilharia. Quando essas partículas não encontram como sair da eteronave senão por uma única direção determinada, ou seja, por um único canal com paredes que lhes são impenetráveis, toda a eteronave se movimenta na direção oposta, como acontece no recuo de uma espingarda ou de um canhão. De acordo com sua conhecida lei das forças vivas[7], você pode calcular com facilidade que uma fração insignificante de um miligrama dessas partículas por segundo seria suficiente para conferir à nossa eteronave um movimento de aceleração uniforme.

Durante nossa conversa, todos os marcianos sumiram da sala. Menny me convidou para fazer o desjejum em sua cabine. Fui com ele. Sua cabine era contígua à parede externa da eteronave e nela havia uma grande janela de cristal. Continuamos a conversa. Eu sabia que teria de enfrentar sensações novas, jamais experimentadas, como a perda da gravidade em meu corpo, e comecei a interrogar Menny sobre isso.

– Sim – disse Menny –, embora o Sol continue a exercer a gravidade sobre nós, aqui essa força é insignificante. A influência da Terra se tornará imperceptível entre amanhã e depois de amanhã. Graças apenas à aceleração ininterrupta da eteronave, conservaremos cerca de 1/400 a 1/500 de nosso peso anterior. Não é fácil se acostumar da primeira vez, embora a alteração seja gradativa. Ao adquirir leveza, você vai fazer uma série de movimentos mal calculados, que errarão o alvo. O prazer de voar lhe parecerá altamente questionável. Quanto às inevitáveis palpitações, vertigens e até mesmo náusea, Netty o ajudará a se livrar deles. Também será difícil lidar com a água e outros líquidos, os quais, ao menor sobressalto, vão escapar dos frascos e se espalhar por toda parte em forma de enormes gotas esféricas. Porém, aqui tudo é adaptado com perícia para evitar esse tipo de desconforto: os móveis e as louças estão fixados em seus lugares, os líquidos são conservados em recipientes fechados, há alças e cintas espalhadas para interromper voos involuntários sempre

---

[7] Referência a *vis viva*: na história da ciência, expressão em latim para designar uma das teorias da conservação de energia.

que ocorrerem movimentos bruscos. Em todo caso, você se acostumará; há bastante tempo para isso.

Tinham se passado cerca de duas horas desde a partida, e a diminuição de meu peso já era bastante perceptível, embora ainda muito agradável: o corpo se tornava mais leve, os movimentos mais livres e só. Já havíamos tido tempo de ultrapassar completamente a atmosfera, mas isso não nos preocupava, uma vez que em nossa nave hermeticamente fechada havia, é claro, suficiente suprimento de oxigênio. A área visível da superfície da Terra tornara-se, definitivamente, parecida com um mapa geográfico, ainda que em uma escala distorcida: maior no meio e menor no horizonte, encoberto aqui e ali por manchas de nuvens brancas. Ao sul, para além do mar Mediterrâneo, via-se com bastante clareza, através de uma névoa azul, o norte da África e a Arábia; a norte, para além da Escandinávia, o olhar se perdia em um deserto nevado e gélido, e apenas os rochedos de Svalbard ainda despontavam em uma mancha escura. A leste, para além da faixa marrom esverdeada dos Urais, por vezes salpicada de manchas de neve, começava de novo o infinito reino da cor branca, com um brilho esverdeado apenas em alguns lugares: uma vaga lembrança das vastas florestas de coníferas da Sibéria. A oeste, para além dos contornos nítidos da Europa Central, perdiam-se nas nuvens os vultos da Inglaterra e do norte da França. Não pude admirar por muito tempo esse quadro gigante, uma vez que a ideia das terríveis profundezas do precipício sobre o qual nos encontrávamos rapidamente me deu uma sensação próxima do desmaio. Retomei a conversa com Menny.

– Você é o capitão desta nave, não é?

Menny fez que sim com um aceno de cabeça e observou:

– Mas isso não significa que eu tenha aquilo que vocês chamam de poder de chefe. Simplesmente sou mais experiente no comando da eteronave, e minhas instruções são aceitas da mesma maneira que eu aceito os cálculos astronômicos feitos por Sterny, ou como todos nós aceitamos os conselhos médicos de Netty, para a manutenção de nossa saúde e da força para o trabalho.

– E quantos anos tem esse doutor Netty? Ele me parece jovem demais.

– Não me lembro, dezesseis ou dezessete – respondeu Menny sorrindo.

Era mais ou menos o que pensava. Não pude, porém, deixar de me surpreender com tão precoce sapiência.

– Nessa idade e já é um médico! – exclamei sem querer.

– E mais: um médico versado e experiente – completou Menny.

Naquele momento, não notei que Menny, de propósito, não me lembrou de que a idade dos marcianos equivale, em duração, a quase o dobro da nossa: a rotação de Marte em torno do Sol leva 686 dias terráqueos, e os dezesseis anos de Netty equivaleriam a trinta anos na Terra.

6. A eteronave

Após o desjejum, Menny me levou para conhecer nossa "nave". Antes de qualquer coisa, fomos à casa das máquinas. Ela ocupava todo o andar inferior da eteronave, diretamente contíguo a seu fundo achatado, e era separada por divisórias em cinco salas – uma central e quatro laterais. No meio da sala central, elevava-se a máquina propulsora e, a seu redor, nos quatros lados, tinham sido feitas no chão janelas redondas de vidro, uma de cristal puro e três vitrais de cores diferentes; os vidros tinham três centímetros de espessura e uma transparência surpreendente. Naquele exato momento, podíamos ver através deles apenas uma porção da superfície terrestre.

A parte principal da máquina era composta por um cilindro metálico vertical de três metros de altura e de meio metro de diâmetro, feito, como Menny me explicou, de ósmio – um metal nobre, muito refratário, semelhante à platina; nesse cilindro, ocorria o decaimento da matéria irradiante; as paredes incandescentes, de vinte centímetros de espessura, davam um claro testemunho da energia gerada pelo processo. E, contudo, a sala não estava muito quente: o cilindro era todo envolto por um estojo duas vezes mais largo feito de algum tipo de substância transparente, que fornecia uma proteção perfeita contra o calor; na parte superior, esse estojo se conectava à tubulação pela qual o ar aquecido era drenado em todas as direções, garantindo o "aquecimento" uniforme da eteronave.

As demais partes do propulsor, conectadas de diferentes maneiras ao cilindro – as bobinas elétricas, as baterias, os indicadores com quadrantes etc. –, estavam posicionadas a seu redor em uma bela ordem, e o maquinista de plantão, graças ao sistema de espelhos, via todas de uma só vez, sem sair de sua poltrona.

Das salas laterais, uma era a "astronômica", à sua direita e à sua esquerda encontravam-se as salas "da água" e "do oxigênio", e do lado oposto, uma "de cálculos". Na sala astronômica, o chão e a parede externa eram inteiros de cristal, um material de pureza ideal, polido geometricamente. Sua transparência era tal que, quando eu, seguindo Menny pelas passarelas, ousei olhar diretamente para baixo, não vi absolutamente nada entre mim e o precipício que se abria embaixo de nós: tive de fechar os olhos para interromper a vertigem torturante. Eu tentava olhar para os lados, para os instrumentos que se posicionavam entre os vãos da rede de pontes, entre suportes complexos que desciam do teto e das paredes internas da sala. O telescópio principal media cerca de dois metros de comprimento, mas sua lente era desproporcionalmente grande e, pelo visto, tinha a mesma potência ótica.

– Usamos apenas objetivas de diamante – disse Menny –, elas fornecem um campo de visão maior.

– De quanto é o aumento-padrão deste telescópio? – perguntei.

– Um aumento nítido de cerca de seiscentas vezes – respondeu Menny –, mas quando este é insuficiente, fotografamos o campo de visão e examinamos a foto com a ajuda de um microscópio. Com isso, o aumento é levado de fato a 60 mil vezes ou mais; a desaceleração com a fotografia não leva nem um minuto.

Na mesma hora, Menny me ofereceu para espiar no telescópio a Terra recém-abandonada. Ele próprio mirou o tubo.

– Agora a distância é de cerca de 2 mil quilômetros – disse ele. – Você reconhece o que está abaixo de nós?

Reconheci imediatamente o porto da capital escandinava por onde costumava passar a serviço do partido. Eu achava interessante olhar os navios a vapor no ancoradouro. Menny, com uma volta na manivela lateral do telescópio, substituiu a ocular pela câmera fotográfica e, em alguns segundos, tirou-a do telescópio e a levou inteira para um grande aparelho ao lado, que descobri ser um microscópio.

– Revelamos e fixamos a imagem aqui mesmo no microscópio, sem tocar a lâmina com as mãos – explicou ele e, depois de algumas operações insignificantes, dentro de apenas meio minuto, me ofereceu a ocular do microscópio. Vi com uma nitidez surpreendente meu conhecido navio a vapor da Companhia do Norte[8], como se estivesse apenas a algumas dezenas de passos de mim; à luz que lhe atravessava, a imagem parecia ter relevo e mostrava cores perfeitamente naturais. Na ponte de comando, estava o capitão grisalho com o qual eu tinha conversado algumas vezes na época das viagens. Um marinheiro que baixava para o convés uma grande caixa parecia estar congelado em sua pose, assim como o passageiro que lhe apontava algo. E tudo isso acontecia a 2 mil quilômetros...

Um jovem marciano, auxiliar de Sterny, entrou na sala. Ele tinha de medir com precisão exata a distância percorrida pela eteronave. Não queríamos incomodá-lo em seu trabalho, então seguimos adiante, para a sala "da água". Ali havia um enorme reservatório de água e grandes aparelhos para sua purificação. Diversos canos distribuíam a água do reservatório para toda a eteronave.

A próxima era a sala "de cálculos". Havia ali máquinas incompreensíveis para mim, com vários mostradores e ponteiros. Sterny trabalhava na maior máquina. Dela, saía uma longa fita, que, ao que parecia, continha os resultados dos cálculos de Sterny; mas seus caracteres, assim como os presentes em todos os mostradores, me eram desconhecidos. Eu não queria atrapalhar Sterny nem, de modo geral, conversar com ele. Fomos rapidamente ao último compartimento lateral.

Era a sala "do oxigênio". Nela, estavam armazenados os suprimentos de oxigênio em forma de 25 toneladas de sal de Berthollet,

---

[8] Referência à Companhia de Vapores do Norte [*Северное пароходное общество/ Siévernoie Parakhódnoie Óbschestvo*], uma das maiores companhias de navegação da época pré-revolucionária, com sede em São Petersburgo.

do qual se podiam extrair, se fosse preciso, 10 mil metros cúbicos de oxigênio: essa quantidade era suficiente para várias jornadas iguais à nossa. Ali também ficavam os aparelhos para a decomposição do sal de Berthollet. Além disso, ali mesmo armazenavam-se os suprimentos de barita e de potassa cáustica para absorver o dióxido de carbono do ar, e também os suprimentos de anidrido de enxofre para absorver o excesso de umidade e de leucomaína volátil – aquele veneno fisiológico muito mais nocivo que o dióxido de carbono exalado durante a respiração. Essa sala era comandada pelo doutor Netty.

Depois, retornamos para a casa das máquinas central, e de lá, em um pequeno elevador, nos encaminhamos diretamente para o andar superior da eteronave. Ali, a sala central era ocupada por um segundo observatório que em tudo se assemelhava ao inferior, porém, o invólucro de cristal não ficava embaixo, mas acima, e os instrumentos eram maiores. Desse observatório, podia-se ver a outra metade da esfera celeste, além do "planeta de destino". Marte brilhava com sua luz avermelhada, apartado do zênite. Menny apontou para lá o telescópio e eu vi com nitidez os contornos de continentes, mares e redes de canais que eu conhecia dos mapas de Schiaparelli[9]. Menny fotografou o planeta e, no microscópio, surgiu um mapa detalhado. Mas eu não conseguiria entender nada sem suas explicações: as manchas das cidades, das florestas e dos lagos distinguiam-se umas das outras em particularidades imperceptíveis e incompreensíveis para mim.

– Qual é a distância? – perguntei.

– Agora estamos relativamente perto, cerca de 100 milhões de quilômetros.

– E por que Marte não está no zênite da cúpula? Quer dizer que não estamos voando diretamente até lá, mas pela lateral?

– Sim, e não poderia ser diferente. Ao partir da Terra, nós, por força da inércia, mantivemos, entre outras particularidades,

---

[9] Giovanni Virginio Schiaparelli (1835-1910) foi um astrônomo italiano que concebeu o primeiro mapa de Marte e popularizou a existência de canais em sua superfície – que, mais tarde, por um erro de tradução, interpretou-se como a existência de "canais artificiais". Nos anos 1960, provou-se que se tratava de ilusão de óptica.

a velocidade de seu movimento ao redor do Sol: 30 quilômetros por segundo. Já a velocidade de Marte é de apenas 24 quilômetros, então, se voássemos na perpendicular entre ambas as órbitas, teríamos nos chocado contra a superfície de Marte com uma velocidade lateral residual de seis quilômetros por segundo. Isso seria muito inconveniente, e nós devemos escolher um caminho curvilíneo em que se balanceie a velocidade lateral excessiva.

– Nesse caso, qual seria a extensão de todo o nosso caminho?

– Cerca de 160 milhões de quilômetros, o que exigirá, ao menos, dois meses e meio.

Se eu não fosse matemático, essas cifras não teriam dito nada ao meu coração. Mas, agora, me causavam uma sensação próxima de um pesadelo, e eu me apressei em sair da sala astronômica.

Os seis compartimentos laterais do segmento superior que circundavam o observatório em forma anelar eram totalmente sem janelas, e seu teto, que representava uma parte da superfície esférica exterior, descia obliquamente até o chão. Junto ao teto, localizavam-se os grandes reservatórios da "matéria-menos", cuja repulsão deveria paralisar o peso de toda a eteronave.

Os andares intermediários – o terceiro e o segundo – estavam ocupados com salões de uso comum, laboratórios de alguns membros da expedição, suas cabines, banheiros, biblioteca, sala de ginástica etc.

A cabine de Netty ficava próxima à minha.

7. As pessoas

A falta de gravidade se fazia sentir cada vez mais. A crescente sensação de leveza deixou de ser algo agradável. A ela se juntou o elemento da insegurança e uma vaga preocupação. Fui ao meu quarto e me deitei no leito.

Cerca de duas horas em posição tranquila e em meio a intensas reflexões levaram-me a adormecer sem que eu notasse. Quando acordei, em meu quarto, junto à mesa, estava sentado Netty. Em um movimento involuntariamente brusco, levantei-me da cama e, como se tivesse sido atirado para o alto, bati com a cabeça no teto.

– Quando se pesa menos de vinte libras[10], é preciso tomar cuidado – observou Netty em um tom filosófico e bem-humorado.

Viera até mim com o propósito especial de dar todas as instruções necessárias para o caso de eu sentir o "mal do mar", o que eu já havia começado a experimentar em razão da falta de gravidade. Na cabine, havia uma campainha especial para o quarto dele, com a qual eu podia sempre chamá-lo se sua ajuda ainda fosse necessária.

Aproveitei a oportunidade para travar conversa com o jovem médico – eu me sentia involuntariamente atraído por esse garoto simpático, muito instruído, mas também muito alegre. Perguntei-lhe por que, de toda a equipe de marcianos da eteronave, apenas ele, além de Menny, dominava minha língua nativa.

– É muito simples – explicou ele. – Quando *procurávamos por uma pessoa*, Menny escolheu a si mesmo e a mim para seu país, e nós passamos mais de um ano nele até conseguirmos concluir essa missão com você.

– Então, quer dizer que os demais "procuravam uma pessoa" em outros países?

– Claro, entre todos os principais povos da Terra. Mas, como Menny havia previsto, conseguimos encontrá-la com mais facilidade em seu país, onde a vida flui de forma mais enérgica e viva, onde as pessoas são obrigadas a olhar mais à frente. Ao encontrar essa pessoa, notificamos os demais; eles se reuniram dos respectivos países; e eis que estamos aqui viajando.

– O que é que você quer dizer mesmo quando fala: "procurávamos a pessoa", "encontramos a pessoa"? Eu entendo que se tratava de um sujeito que servisse para determinado papel, e Menny me explicou o que era precisamente. Sinto-me muito lisonjeado por terem me escolhido, mas eu gostaria de saber a que devo isso.

– Posso lhe contar as linhas mais gerais. Precisávamos de uma pessoa cuja natureza combinasse o máximo de saúde e flexibili-

---

[10] Medida de massa no Império Russo, uma libra (фунт/*funt*, em russo) equivale a aproximadamente meio quilograma. Essa medida foi abolida por decreto de Vladímir Lênin em 1918 e substituída pelo padrão métrico.

dade com o máximo de capacidade para o trabalho intelectual, e o mínimo de laços pessoais na Terra com o mínimo de individualismo. Nossos fisiólogos e psicólogos consideravam que a transição das condições de vida da sua sociedade, dramaticamente desagregada pela eterna luta interior, para as condições da nossa, organizada, como você diria, de maneira socialista, seria muito pesada e difícil para uma única pessoa, o que exigiria dela uma organização especialmente favorável. Menny acreditava que você se encaixaria melhor que os outros.

– E a opinião de Menny foi suficiente para todos vocês?

– Sim, confiamos totalmente em sua avaliação. Ele é uma pessoa de força e clareza de pensamento excepcionais e se engana muito raramente. Possui mais experiência com os terráqueos que qualquer um de nós; foi ele o primeiro a travar essas relações.

– E quem descobriu o meio de comunicação entre os planetas?

– Foi obra de muitos, não de um só. A "matéria-menos" fora obtida já há algumas décadas. De início, porém, podia-se obtê-la apenas em quantidades insignificantes, e eram necessários os esforços de muitos colegiados de fábricas para encontrar e desenvolver os meios da produzi-la em grandes quantidades. Depois, foi preciso aperfeiçoar a técnica de obtenção e de decaimento da matéria irradiante, para conseguir o propulsor adequado para as eteronaves. Isso exigiu muitos esforços. Então, muitas dificuldades foram geradas pelas próprias condições do meio interplanetário, com seu frio terrível e a falta de camada de ar para suavizar os ardentes raios solares. Os cálculos da trajetória também se mostraram uma difícil tarefa, sujeitos a erros que não tínhamos previsto. Em resumo, as expedições anteriores à Terra acabaram com a morte de todos os participantes até que Menny conseguisse organizar a primeira expedição bem-sucedida. E agora, utilizando seus métodos, há pouco tempo conseguimos também chegar a Vênus.

– Se for assim, Menny é, de fato, um homem grandioso – eu disse.

– Sim, se você gosta de chamar assim uma pessoa que, de fato, trabalhou muito e bem.

– Não foi isso o que eu quis dizer: trabalhar muito e bem é uma coisa de que até pessoas bastante ordinárias são capazes, pessoas executoras. Já Menny, pelo visto, é algo totalmente diferente: ele é um gênio, uma pessoa criadora, que concebe o novo e conduz a humanidade para a frente.

– Tudo isso não está claro, e é até, ao que parece, incorreto. Cada trabalhador é um criador, mas quem cria em cada trabalhador é a humanidade e a natureza. Por acaso não estaria nas mãos de Menny toda a experiência das gerações anteriores e dos pesquisadores contemporâneos? E não teria partido dessa experiência cada passo de seu trabalho? Não teria a natureza lhe proporcionado todos os elementos e todos os germes de suas combinações? E não seria da própria luta da humanidade com a natureza que surgiram todas os estímulos vivos dessas combinações? O ser humano é uma personalidade, mas sua obra é impessoal. Cedo ou tarde, ele morre com suas alegrias e seus sofrimentos, mas sua obra permanece na vida, que cresce ilimitada. Por isso, não há diferença entre os trabalhadores; é diferente apenas a magnitude daquilo que eles vivenciaram e daquilo que permanece na vida.

– Mas, por exemplo, o *nome* de uma pessoa como Menny não morre com ele; antes, permanece na memória da humanidade, enquanto o nome de inúmeros outros desaparece sem deixar vestígios.

– O nome de cada um conserva-se enquanto viverem aqueles que com ele conviviam e que o conheciam. No entanto, a humanidade não precisa de um símbolo morto da personalidade de alguém quando ela já não existe mais. Nossa ciência e nossa arte conservam de maneira impessoal aquilo que foi feito por um trabalho comum. O lastro dos nomes do passado é inútil para a memória da humanidade.

– Talvez você tenha razão; mas nosso sentimento do mundo se rebela contra essa lógica. Para nós, os nomes dos líderes do pensamento e da ação são símbolos vivos, sem os quais nossa ciência não pode passar, nem nossa arte, nem nossa vida social. Muitas vezes, na luta de forças e na luta de ideias, um nome num estandarte diz mais que um lema abstrato. É por isso que os nomes dos gênios não são meramente um lastro para nossa memória.

– Isso ocorre porque a causa comum da humanidade não é para vocês uma causa comum; nas ilusões geradas pelo conflito entre as pessoas, ela se fragmenta e parece uma causa das pessoas e não da humanidade. Para mim, entender seu ponto de vista foi tão difícil quanto para você é o nosso.

– Então, para o bem ou para o mal, não há imortais em nossa delegação. Em compensação, os mortais aqui devem ser dos mais seletos – não é mesmo? –, daqueles que "trabalharam muito e bem", como você havia se referido?

– De modo geral, sim. Menny selecionou camaradas entre milhares que expressaram o desejo de viajar com ele.

– E o maior, depois dele, talvez seja Sterny?

– Sim, se você quer insistir em medir e comparar as pessoas. Sterny é um eminente cientista, embora de maneira completamente distinta da de Menny. Matemáticos como ele há pouquíssimos. Ele descobriu uma série inteira de erros nos cálculos com base nos quais haviam sido organizadas todas as expedições anteriores à Terra. E demonstrou que alguns desses erros, por si só, seriam suficientes para a morte da missão e dos trabalhadores. Ele encontrou novos métodos para fazer esses cálculos, e até agora os resultados obtidos por ele se mostraram infalíveis.

– Foi isso mesmo que imaginei, com base nas palavras de Menny e em minhas impressões. Entretanto, eu mesmo não entendo por que a aparência dele causa em mim um sentimento de ansiedade, um tipo de preocupação vaga, algo como uma antipatia gratuita. Será que você, doutor, teria uma explicação para isso?

– Acontece que Sterny tem uma mente muito poderosa, mas fria e, sobretudo, analítica. Ele decompõe tudo, sem piedade e de maneira consequente, e suas conclusões, em muitos casos, são unilaterais, às vezes severas demais, porque a análise das partes não dá o todo, e sim algo menor que o todo: você sabe que em qualquer lugar onde há vida o todo é maior que a soma de suas partes, assim como um corpo humano vivo é maior que o montante de seus membros. Por isso, Sterny é menos capaz que os demais de entrar no humor e no pensamento dos outros. Ele sempre ajudará de bom grado naquilo que você demandar dele, mas nunca adivinhará por conta própria do que você precisa. É claro que o que também complica é que sua atenção é quase sempre absorvida pelo seu trabalho, sua cabeça está volta e meia ocupada com alguma tarefa difícil. Nisso, ele não se parece com Menny: este sempre enxerga tudo ao redor e mais de uma vez soube explicar até para mim mesmo o que eu queria, o que me preocupava, o que minha mente ou meu sentimento buscavam.

– Se tudo isso é verdade, Sterny deve tratar a nós, terráqueos, cheios de contradições e defeitos, de modo bastante hostil?

– Hostil? Não; esse sentimento lhe é alheio. Mas eu penso que há nele mais ceticismo do que deveria. Na França, ficou só meio ano e telegrafou a Menny: "Aqui não há o que procurar". Talvez ele tivesse razão em parte, porque Letta, que o acompanhava, tampouco encontrou uma pessoa adequada. Porém, as características que Sterny atribuiu às pessoas observadas naquele país são muito mais severas do que aquelas dadas por Letta e, é claro, muito mais unilaterais, embora não encerrem em si nada que seja a princípio equivocado.

– E quem seria esse tal Letta de que você está falando? Por alguma razão não me lembro dele.

– É um químico, ajudante de Menny, uma pessoa de meia-idade, mais velho que todos em nossa eteronave. Você se dará bem com ele, e isso lhe será muito útil. Sua natureza é suave e ele tem muita compreensão da alma alheia, embora não seja psicólogo como Menny. Vá ao laboratório dele, Letta ficará feliz em recebê-lo e lhe mostrará muitas coisas interessantes.

Nesse momento, lembrei-me de que já tínhamos nos afastado mais da Terra e me deu vontade de olhar para ela. Dirigimo-nos juntos a uma das salas laterais com grandes janelas.

– Será que não passaremos perto da Lua? – perguntei no caminho.

– Não, passaremos ao largo da Lua, o que é uma pena. Eu também gostaria de vê-la mais de perto. Da Terra, ela me pareceu tão estranha. Grande, fria, vagarosa, misteriosamente calma, ela não parece em nada com nossas duas pequenas luas que tão rápido correm o céu, tão rápido trocam de face, tal como crianças vivas e manhosas. Está certo que a Lua de vocês é mais brilhante, com uma luz tão agradável. O Sol também é mais brilhante; e nisso são muito mais felizes que nós. O mundo de vocês é duas vezes mais iluminado que o nosso: é por isso que vocês não precisam de olhos como estes, de pupilas grandes para captar os raios fracos do nosso dia e da nossa noite.

Nós nos sentamos perto da janela. A Terra brilhava ao longe como uma foice gigante, da qual era possível distinguir apenas os contornos do oeste da América, do nordeste da Ásia, uma mancha opaca que correspondia a parte do oceano Pacífico e a mancha branca do oceano Ártico. Todo o oceano Atlântico e o Velho Mundo jaziam na escuridão; no interior opaco da foice, podia-se apenas adivinhá-los, justamente porque a parte invisível da Terra encobria as estrelas no vasto espaço do céu negro. Nossa trajetória oblíqua e a rotação da Terra ao redor do próprio eixo causaram essa mudança no quadro.

Eu olhava e me entristecia, porque não via meu país natal, onde há tanta vida, luta e sofrimentos, onde ainda ontem eu estava entre camaradas e, agora, outro alguém estaria ocupando meu lugar. E uma dúvida levantou-se em minha alma.

– Lá embaixo, sangue está sendo derramado – eu disse –, e aqui, aquele que era o trabalhador de ontem está no papel de um observador tranquilo...

– Lá, o sangue está sendo derramado por um futuro melhor – respondeu Netty –, mas, para que se possa levar adiante a própria luta, é preciso *conhecer* o futuro melhor. E é por esse conhecimento que você está aqui.

Em um impulso involuntário, apertei sua pequenina mão, quase de criança.

8. A aproximação

A Terra se afastava cada vez mais e, como se definhasse em consequência da separação, transformava-se em uma foice em forma de lua, acompanhada pela foice já pequena por completo da Lua verdadeira. Em paralelo, todos nós, habitantes da eteronave, nos tornávamos uma espécie de acrobatas fantásticos, capazes de voar sem asas e de nos acomodar em qualquer direção do espaço, com a cabeça virada fosse para o chão, fosse para o teto ou para a parede – era quase indiferente... Eu me aproximava aos poucos de meus novos camaradas e começava sentir-me mais à vontade com eles.

Já no dia seguinte à nossa partida (mantivemos essa contagem de tempo, embora, para nós, já não existissem nem dias nem noites de verdade), vesti por minha própria iniciativa trajes marcianos, para me destacar menos entre os demais. É verdade que eu gostava desse traje por si só: simples, confortável, sem quaisquer partes inúteis e convencionais, como gravata ou punhos, proporcionando maior liberdade aos movimentos. As partes separadas do traje eram ligadas por pequenas fivelas, de modo que o traje formava uma coisa só e, ao mesmo tempo, em caso de necessidade, era fácil desfivelar e tirar uma manga ou as duas, ou a camisa inteira. Até os modos de meus companheiros eram parecidos com seus trajes: simplicidade e ausência de tudo que for supérfluo e convencional. Nunca se cumprimentavam, não se despediam, não agradeciam nem prolongavam uma conversa por educação, caso seu objetivo principal fosse exaurido; e, ao mesmo tempo, com muita paciência, sempre davam todo tipo de explicações, ajustando-se cuidadosamente ao nível de compreensão do interlocutor e entrando em sua psicologia, não importando quão pouco esta se parecesse com a deles.

É evidente que desde os primeiros dias me dediquei ao estudo de sua língua natal, e todos, com a maior prontidão, desempenhavam o papel de meus tutores, Netty mais que todos. Esta era uma língua muito original; e, apesar da grande simplicidade de sua gramática e das regras de formação das palavras, nela havia particularidades com as quais eu tinha dificuldade de lidar. Suas regras, de modo geral, não possuem exceções, e nela não existem distinções como a de gênero masculino, feminino e neutro[11]; apesar disso, as denominações dos objetos e de suas qualidades declinam de acordo com o tempo. Isso não entrava em minha cabeça de jeito nenhum.

– Diga-me, qual é o sentido dessas formas? – eu perguntava a Netty.

– Como é que você não entende? Em suas línguas, entretanto, ao denominar o objeto, vocês designam com diligência se

---

[11] Em russo, são três os gêneros gramaticais.

o consideram homem ou mulher, o que, na essência, não tem qualquer importância. E com relação aos objetos inanimados, é ainda mais estranho. É muito mais importante a diferença entre os objetos que existem e aqueles que já deixaram de existir ou aqueles que ainda devem surgir. Na língua de vocês, "*dom*" [casa] é "homem", mas "*lodka*" [barco] é "mulher"[12], já em francês é o contrário e isso não muda nada. Mas quando vocês falam de uma casa que já queimou ou que ainda pretendem construir, usam a palavra da mesma forma com que falam sobre a casa em que moram. Haveria na natureza uma diferença maior entre uma pessoa que vive e uma pessoa que já morreu; entre aquilo que existe e aquilo que não existe? Vocês precisam de palavras e frases inteiras para designar essa diferença, mas não seria melhor expressá-la acrescentando uma letra à própria palavra?

Em todo caso, Netty estava satisfeito com minha memória, seu método de ensino era excelente, e o processo avançava com rapidez. Isso me ajudou a me aproximar dos marcianos – comecei a transitar com cada vez mais confiança por toda a eteronave, entrando nas salas e nos laboratórios de meus companheiros, fazendo-lhes perguntas sobre tudo que me despertasse curiosidade.

O jovem astrônomo Enno, ajudante de Sterny, vivo e alegre, também quase um menino, a se julgar pela idade, me mostrou uma porção de coisas interessantes, e claramente se entusiasmava nem tanto com as medições e fórmulas – nas quais, contudo, era um verdadeiro mestre – quanto com a beleza do observado. Minha alma ficava leve com o jovem astrônomo-poeta; e o desejo legítimo de me orientar em nossa situação em meio à natureza era para mim um motivo constante para passar algum tempo com Enno e seus telescópios.

Certa vez, Enno me mostrou, em uma aproximação poderosa, o minúsculo planeta Eros, cuja órbita cruza em parte os caminhos da Terra e de Marte e continua para além de Marte, passando para a região dos asteroides. Embora, nesse momento, Eros se encontrasse a 150 milhões de quilômetros de nós, a fotografia de

---

[12] O autor se refere aqui à língua russa; por essa razão, optou-se por manter as formas no original.

seu pequeno disco formava, no campo de visão do microscópio, um mapa geográfico completo, semelhante aos mapas da Lua. Um planeta sem vida, claro, como a Lua.

Outra vez, Enno fotografou um enxame de meteoros que passava a apenas alguns milhões de quilômetros de nós. Sua imagem representava, evidentemente, apenas uma nebulosa incerta. Nessa ocasião, Enno me contou que, em uma das expedições precedentes à Terra, a eteronave fora abatida no momento em que atravessava outro enxame como aquele. Os astrônomos que acompanhavam a eteronave pelos telescópios maiores viram como sua luz elétrica apagou-se, e a eteronave desapareceu para sempre no espaço.

– Provavelmente, a eteronave colidiu com um desses pequenos corpos, e estes, em razão da grande diferença de velocidade, devem ter atravessado todas as suas paredes. O ar, então, escapou para o espaço, e o frio do meio extraplanetário congelou os corpos dos viajantes já mortos. Ainda agora a eteronave continua voando, seguindo seu caminho na órbita de um cometa; ela se afastou do Sol para sempre e não se sabe onde essa terrível nave habitada por cadáveres encontrará seu fim.

Senti com essas palavras de Enno o gelo dos desertos etéreos penetrarem meu coração. E imaginei de maneira vívida nossa minúscula ilha iluminada no meio de um infinito oceano morto. Sem qualquer apoio, em movimento rápido e estonteante e com o vazio negro em todo o entorno... Enno adivinhou meu humor.

– Menny é um timoneiro de confiança – disse ele –, e Sterny não cometerá erros... Quanto à morte... você deve tê-la visto de perto na vida... Ela é apenas a morte, e nada mais.

Muito em breve eu teria de me lembrar dessas palavras, na luta contra uma dor torturante em minha alma.

O químico Letta me atraía não só por sua natureza especialmente suave e sensível, sobre a qual Netty havia me falado, mas também por seu enorme conhecimento da questão científica que mais me interessava: a composição da matéria. Só Menny era mais competente que ele nesse assunto, mas eu tentava me dirigir o menos possível a Menny, por entender que seu tempo era precioso demais para os interesses tanto da ciência quanto da expedição para que eu me desse o direito de distraí-lo a fim de satisfazer minha curiosidade. Já o velho Letta, uma alma bem-humorada, tratava minha ignorância com tal inesgotável paciência e me explicava o abecedário da coisa com tal atenção, e uma satisfação quase visível, que com ele não me sentia nem um pouco acanhado.

Letta começou a ministrar-me um curso completo sobre a composição da matéria, além do mais, ilustrava-o com uma série de experiências de decomposição e de síntese dos elementos. Muitas das experiências a isso relacionadas, todavia, ele teve de pular, limitando-se à sua descrição verbal, a saber: aquelas em que o caráter dos fenômenos é especificamente violento, quando ocorrem em forma de explosão ou podem adquirir tal forma.

Certa vez, durante uma aula, Menny entrou no laboratório. Letta terminava a descrição de um experimento muito interessante e estava prestes a realizá-lo.

– Tenha cuidado – disse-lhe Menny –, eu me lembro de que comigo essa experiência, uma vez, não terminou bem; a mais insignificante impureza na substância que você está decompondo já é suficiente para que mesmo uma descarga elétrica fraca cause uma explosão durante o aquecimento.

Letta já queria desistir da experiência, mas Menny, sempre atencioso e gentil comigo, ofereceu-se para ajudá-lo com uma verificação minuciosa de todas as condições da experiência; e a reação correu de maneira excelente.

No dia seguinte, fomos realizar novas experiências com a mesma substância. Pareceu-me que, dessa vez, Letta não a pegou do mesmo frasco que havia usado no dia anterior. Quando ele colocou a retorta em banho eletrolítico, me passou pela cabeça adverti-lo. Preocupado, ele foi imediatamente ao armário dos reagentes, deixando o banho e a retorta na mesinha junto à parede, que era também a parede externa da eteronave. Fui com ele.

De repente, deu-se um estrondo ensurdecedor, e nós dois fomos lançados com grande força contra as portas do armário. Depois, vieram um assobio e um uivo atordoantes, além de um tinido metálico. Eu senti que uma força invencível, semelhante à de um furacão, me atraía para trás, em direção à parede externa. Tive tempo de agarrar maquinalmente uma cinta firme afixada no armário e fiquei pendurado na horizontal, sustentado nessa posição por um poderoso fluxo de ar. Letta fez o mesmo.

– Segure mais firme – ele gritou para mim, e eu mal ouvia sua voz em meio ao barulho do turbilhão. Um frio cortante penetrou meu corpo.

Letta olhou em volta rapidamente. Seu rosto era assustador, de tão pálido, mas a expressão de confusão de repente foi substituída por uma de clareza de pensamento e firme determinação. Ele disse apenas duas palavras – não pude ouvi-las, mas adivinhei que eram uma despedida definitiva –, e suas mãos se soltaram.

Com o barulho surdo de uma batida, o uivo do furacão cessou. Senti que já podia soltar a cinta e olhei ao redor. Não havia vestígios da mesa e, junto à parede, com as costas firmemente pressionadas contra ela, via-se Letta, imóvel. Seus olhos estavam bem abertos, e todo o rosto parecia congelado. De um salto, alcancei a porta e a abri. Uma rajada de vento morno me lançou para trás. Dentro de um segundo, Menny entrou na sala. Rapidamente, aproximou-se de Letta.

Mais alguns segundos e a sala estava repleta. Netty abriu caminho entre as pessoas e se lançou em direção a Letta. Os demais o cercaram em um silêncio grave.

– Letta está morto – soou a voz de Menny. – A explosão durante a experiência química perfurou a parede da eteronave, e Letta tampou a fenda com seu corpo. A pressão do ar fez estourar seus pulmões e paralisar seu coração. Foi uma morte instantânea. Letta salvou nosso convidado, caso contrário, o fim de ambos teria sido inevitável.

Netty deixou escapar um soluço surdo.

9. O passado

Durante alguns dias após a catástrofe, Netty não saía de sua cabine, e eu comecei a notar nos olhos de Sterny uma expressão que, às vezes, chegava a ser diretamente hostil. Sem dúvida, por minha causa, um cientista notável havia morrido, e a mente matemática de Sterny não podia deixar de comparar a grandeza do valor daquela vida que fora perdida à daquela que fora salva. Menny permanecia sempre equilibrado e tranquilo, e até mesmo duplicou sua atenção e preocupação para comigo; da mesma forma se comportavam Enno e os demais. Continuei meus estudos intensos da língua dos marcianos e, na primeira ocasião conveniente, fiz a Menny um pedido para que me emprestasse algum livro sobre a história da sua humanidade. Menny considerou minha ideia muito feliz e me trouxe um manual no qual se narrava de maneira popular, para as crianças marcianas, a história universal.

Comecei, com a ajuda de Netty, a ler e traduzir o livrinho. Fiquei espantado diante da arte por meio da qual o autor desconhecido avivava e concretizava com ilustrações os conceitos e esquemas mais ordinários e, à primeira vista, abstratos. Essa arte lhe permitia conduzir a narração em um sistema tão geometricamente harmonioso, e em uma sequência tão logicamente ordenada, com que nenhum de nossos divulgadores científicos terráqueos teria coragem de escrever às crianças.

O primeiro capítulo tinha um caráter filosófico direto e dedicava-se à ideia do Universo como um Todo Único, que tudo em si encerra e tudo por si define. Esse capítulo me lembrou de imediato a obra daquele operário-pensador que foi o primeiro a expor, de forma simples e ingênua, os fundamentos da filosofia proletária da natureza.

No capítulo seguinte, a narrativa se voltava àquele tempo imensamente distante quando no universo não havia ainda surgido nenhuma das formas conhecidas por nós, quando o caos e a indeterminação reinavam no espaço infinito. O autor contava como se isolaram nesse meio as primeiras aglomerações disformes de uma matéria imperceptivelmente fina e quimicamente indefinida; essas aglomerações serviram de embrião para mundos estelares gigantescos hoje representados, talvez, por nebulosas estelares, incluindo nossa Via Láctea e seus 20 milhões de sóis, dentre os quais nosso Sol é um dos menores.

Em seguida, tratava-se de como a matéria, ao se concentrar e se transformar nas combinações mais estáveis, tomava a forma de elementos químicos, ao passo que as aglomerações mais disformes se desintegravam e delas eram expelidas as nebulosas solares planetárias gasosas, as quais, ainda hoje, podem ser encontradas aos milhares com a ajuda de um telescópio. A história do desenvolvimento dessas nebulosas, da cristalização, a partir delas, de sóis e planetas, era apresentada de maneira semelhante à nossa teoria da origem dos mundos de Kant e Laplace[13], mas com maior definição e em maior detalhe.

– Diga, Menny – perguntei –, você realmente acha adequado apresentar às crianças desde o início essas ideias infinitamente gerais e quase igualmente abstratas, esses quadros desbotados do mundo, tão distantes de seus cenários concretos mais próximos? Não significaria isso povoar o cérebro infantil com imagens quase vazias, quase exclusivamente verbais?

– Ocorre que nós nunca começamos o ensino a partir dos livros – respondeu Menny. – A criança extrai sua informação de observações vivas da natureza e da comunicação viva com outras pessoas. Antes de começar a ler um livro como esse, já terá realizado diversas viagens, terá visto diferentes retratos da natureza, conhecerá a multiplicidade de tipos de plantas e animais, estará familiarizada com o uso de telescópio, microscópio, fotografia, fonógrafo, terá ouvido das crianças mais velhas, dos educadores e de outros adultos amigos as histórias do passado próximo e do mais remoto. Um livro como esse deve apenas unificar e consolidar seus conhecimentos, preenchendo de passagem ocasionais lacunas e delineando o caminho dos estudos futuros. É claro que, nesse caso, a ideia do todo, antes e sempre, deve se manifestar com uma clareza total, deve ser levada do começo ao fim, para que nunca se perca nos detalhes. A criação de uma pessoa íntegra deve se dar já desde a infância.

Tudo isso me era, então, muito inabitual, mas não me pus a questionar Menny em mais detalhes: eu ainda tinha de conhecer

---

[13] Referência à teoria ou hipótese nebular, sugerida em 1755 pelo filósofo prussiano Immanuel Kant (1724-1804) e desenvolvida em 1796 pelo matemático francês Pierre-Simon Laplace (1749-1827) no livro *Exposition du système du monde* [Exposição do sistema do mundo]. Segundo ela, o Sistema Solar teria se originado há cerca de 4,6 bilhões de anos a partir de uma vasta nuvem de gás e poeira – uma nebulosa.

ESTRELA VERMELHA

diretamente as crianças marcianas e o sistema de educação em que eram inseridas. Retornei a meu livrinho.

O objeto dos capítulos seguintes era a história geológica de Marte. Sua apresentação, embora bastante breve, estava repleta de comparações com a história da Terra e a de Vênus. Apesar do grande paralelismo entre os três, a principal diferença consistia no fato de que Marte era duas vezes mais antigo que a Terra e quase quatro vezes mais antigo que Vênus. Foram estabelecidos até mesmo os números das idades dos planetas, e eu os lembro bem, mas não os vou citar aqui para não irritar os cientistas terráqueos, para os quais eles podem parecer bastante surpreendentes.

Depois, vinha a história da vida desde seu princípio. Havia a descrição das combinações primárias, derivados ciânicos complexos que, ainda sem ser matéria viva de verdade, possuíam muitas de suas características, e a descrição das condições geológicas nas quais essas combinações criaram-se quimicamente. Eram esclarecidas as razões pelas quais essas substâncias mantiveram-se e acumularam-se entre as demais ligações mais estáveis, mas menos flexíveis. Acompanhava-se passo a passo a complicação e a diferenciação desses embriões químicos de toda a vida, até a formação das verdadeiras células vivas, a partir das quais se inicia o "reino protista".

O quadro do desenvolvimento posterior da vida reduzia-se à escada do progresso dos seres vivos ou, mais precisamente, a sua árvore genealógica comum; dos protistas até as plantas superiores, por um lado, e até o ser humano, por outro – além de todo tipo de desvios laterais. A comparação com a linha "terráquea" de desenvolvimento revelava que, no caminho da célula primária ao ser humano, a série dos primeiros elos da cadeia era quase igual e as diferenças nos últimos elos também eram insignificantes, enquanto nos elos intermediários as distinções eram bem maiores. Isso me causou enorme estranhamento.

– Essa questão – disse-me Netty –, até onde sei, ainda não foi especialmente pesquisada. Afinal, até vinte anos atrás, ainda não sabíamos como eram ordenados os animais superiores na Terra, e nós mesmos ficamos muitos surpresos quando encontramos tantas semelhanças com nossa espécie. Evidentemente, a quantidade de possíveis espécies superiores, que expressam a maior plenitude da vida, não é tão grande; e em planetas tão parecidos como os nossos, em meio a condições bastante similares, a natureza pode alcançar esse máximo da vida por um só meio.

– Além disso – observou Menny –, a espécie superior que dominará seu planeta é aquela que expressar de modo mais pleno a soma total de suas condições, da mesma forma que os estágios intermediários, capazes de dominar apenas parte de seu meio, expressam essas condições parcial e unilateralmente. Por isso, apesar da enorme semelhança da soma geral das condições, as espécies superiores devem coincidir em maior medida, enquanto as intermediárias, por força de sua própria unilateralidade, apresentam mais possibilidades de diferenciação.

Lembrei-me, ainda, de como na época de meus estudos universitários me ocorreu a mesma ideia sobre a quantidade limitada das possíveis espécies superiores, mas por razões completamente diferentes: nos polvos, nos moluscos cefalópodes do mar, organismos superiores de toda uma ramificação de desenvolvimento, os olhos são incrivelmente semelhantes aos olhos de nossa ramificação – dos vertebrados; entretanto, a origem e o desenvolvimento dos olhos dos cefalópodes são completamente distintos dos nossos, tão distintos que até mesmo a ordem das camadas correspondentes dos tecidos do sistema visual é inversa à nossa...

De qualquer maneira, o fato era evidente: havia pessoas em outro planeta parecidas conosco, e restava-me apenas continuar com zelo meus estudos de sua vida e história.

No que diz respeito aos tempos pré-históricos e, em geral, às fases iniciais da vida da humanidade em Marte, aqui também a semelhança com o mundo terráqueo era enorme. As mesmas formas da vida tribal, a mesma existência isolada de diferentes comunidades, o mesmo desenvolvimento de comunicação entre elas por meio de trocas. Mais além, no entanto, iniciaram-se as distinções, ainda que não na principal direção do desenvolvimento e, mais precisamente, em seu estilo e caráter.

O curso da história em Marte foi, de certa forma, mais suave e simples que na Terra. Houve, é claro, guerras entre as tribos e os povos, houve também a luta de classes; mas as guerras desempenharam um papel relativamente pequeno na vida histórica e cessaram por completo relativamente cedo; já a luta de classes manifestou-se menos e mais raramente na forma dos embates da força bruta. É verdade que isso não era apontado diretamente no livro que li, mas ficou evidente para mim a partir de toda a apresentação feita.

A escravidão era absolutamente desconhecida aos marcianos; seu feudalismo foi muito pouco militarizado; e seu capitalismo se libertou muito cedo da fragmentação em Estados-nações, não tendo criado nada semelhante a nossos exércitos modernos.

A explicação para tudo isso, tive que buscar eu mesmo: os marcianos, e até o próprio Menny, ainda estavam começando a estudar a história da humanidade terráquea e não tinham tido tempo de realizar um estudo comparativo entre o passado deles e o nosso[14].

Lembrei-me de uma das conversas anteriores com Menny. Ao me preparar para estudar a língua na qual falavam entre si meus companheiros, tive a curiosidade de saber se era a mais difundida entre todas as que existiam em Marte. Menny explicou que era a única língua literária e coloquial comum a todos os marcianos.

– Outrora, também entre nós – acrescentou Menny – as pessoas dos diferentes países não compreendiam umas às outras; mas isso já faz tempo, foi há algumas centenas de anos antes da virada socialista, todos os dialetos distintos se aproximaram e se fundiram em uma única língua comum. Tudo isso ocorreu de forma livre e espontânea: ninguém se esforçou e ninguém pensou sobre isso. Por muito tempo ainda se conservaram algumas particularidades locais, de modo que pareciam dialetos distintos, contudo, eram bastante compreensíveis a todos. O desenvolvimento da literatura também pôs um fim a eles.

– Só posso explicá-lo a mim mesmo de uma única maneira – eu disse. – Pelo visto, no planeta de vocês, as relações entre as pessoas no início eram muito mais amplas, leves e estreitas que as nossas.

---

[14] O trecho que se inicia aqui e vai até o fim do capítulo foi suprimido das edições soviéticas posteriores.

– Exatamente – respondeu Menny. – Em Marte não há nem os enormes oceanos nem as intransponíveis cadeias de montanhas de vocês. Nossos mares não são grandes, e em nenhum lugar causam uma completa ruptura da terra em continentes independentes; nossas montanhas não são altas, com exceção de alguns cumes isolados. Toda superfície do nosso planeta é quatro vezes menos extensa do que a superfície da Terra e, entretanto, a força da gravidade entre nós é duas vezes e meia menor, e graças à leveza do corpo podemos nos locomover com bastante velocidade até mesmo sem meios artificiais de locomoção: ao correr com nossas próprias pernas, não o fazemos pior nem nos cansamos mais que vocês montados a cavalo. A natureza colocou entre nossas tribos muito menos paredes e separações do que entre vocês.

Esta foi, portanto, a primeira e a principal razão que impediu a brusca separação racial e nacional da humanidade marciana e, com isso, o completo desenvolvimento de guerras, do militarismo e do sistema de assassinatos em massa, de forma geral. É provável que o capitalismo, por força das suas contradições, ainda assim chegaria a criar todas essas distinções da cultura elevada; porém, mesmo o desenvolvimento do capitalismo ocorria de forma peculiar ali, apresentando novas condições para a unificação política de todas as tribos e de todos os povos de Marte. Mais precisamente, na agricultura, o pequeno campesinato foi muito precocemente substituído pelos grandes latifúndios capitalistas e, logo depois disso, ocorreu a nacionalização de toda a terra.

A razão consistia no ressecamento do solo, que só aumentava, e o qual os pequenos proprietários de terra não tiveram forças para combater. A crosta do planeta absorvia profundamente a água e não a devolvia. Era a continuação daquele processo espontâneo, devido ao qual os oceanos que outrora existiram em Marte secaram e transformaram-se em mares relativamente isolados. Tal processo de absorção também ocorre em nosso planeta, mas nele, por enquanto, não foi muito longe; em Marte, planeta duas vezes mais antigo que a Terra, a situação se tornou séria já há mil anos, uma vez que, com a diminuição dos mares, naturalmente ocorreu em paralelo a diminuição das nuvens e das chuvas, acarretando a seca dos rios e dos riachos. A irrigação artificial se tornou necessária na maioria das localidades. O que poderiam ter feito nesse caso os pequenos proprietários de terra independentes?

Em alguns dos casos, perdiam tudo, e suas terras passavam para os grandes proprietários da vizinhança, que tinham capital suficiente para organizar a irrigação. Em outros casos, os camponeses formavam grandes associações juntando seus recursos para essa causa comum. Contudo, cedo ou tarde, as associações acabavam por experimentar a falta de recursos financeiros que, de início, parecia temporária, mas bastava pedir os primeiros empréstimos aos grandes capitalistas para os negócios das associações começarem a desmoronar cada vez mais rapidamente; os juros altos dos empréstimos aumentavam os gastos com a manutenção do negócio, surgia a necessidade de novos empréstimos, e assim por diante. As associações recaíam sob o poder econômico de seus credores, os quais, finalmente, levavam-nas à falência, apropriando-se de vez dos terrenos de centenas de milhares de camponeses.

Assim, toda terra lavrada passou a uma centena de grandes capitalistas agrários; mas dentro dos continentes permaneciam, ainda, enormes desertos, onde não havia água e para onde sequer poderia ser conduzida com os meios dos capitalistas isolados. Quando o poder do Estado, que naquela época já era bastante democrático, teve de se ocupar com essa causa, para distrair o crescente número de proletários ociosos e ajudar o restante do campesinato em extinção, o próprio poder não teve meios suficientes para construir os gigantescos canais. Os sindicatos dos capitalistas desejaram tomar a causa em suas mãos, mas contra isso se revoltou todo o povo, entendendo, então, que os sindicatos iriam se apossar também do Estado. Após uma longa luta e uma encarniçada resistência dos capitalistas agrários, foi introduzido um grande imposto progressivo sobre o lucro da terra. Os meios obtidos com esse imposto serviram de fundo aos trabalhos gigantescos de construção dos canais. A força dos *landlords* foi minada e logo se deu a nacionalização da terra. Com isso, desapareceram os últimos vestígios do pequeno campesinato, porque o Estado, em defesa de interesses próprios, arrendava as terras apenas aos grandes capitalistas, e as empresas agrícolas se tornaram ainda maiores que antes. Desse modo, os famosos canais serviram, ainda, de poderoso propulsor do desenvolvimento econômico e de base sólida da unificação política de toda a humanidade.

Ao ler tudo isso, não pude deixar de manifestar a Menny quanto estava espantado com o fato de que as mãos das pessoas seriam capazes de criar vias aquíferas tão gigantescas, que podiam ser vistas mesmo da Terra com nossos telescópios ruins.

– Nesse ponto, você está parcialmente enganado – observou Menny. – Esses canais, de fato, são enormes, mas não alcançam dezenas de quilômetros de largura, e apenas com estas dimensões poderiam ser distinguidos por seus astrônomos. O que eles veem são grandes faixas de floresta plantadas por nós ao longo dos canais, para manter a umidade do ar uniforme e, com isso, prevenir a evaporação rápida demais da água. Ao que parece, alguns de seus cientistas adivinharam isso.

A época da escavação dos canais foi um tempo de grande florescimento de todas as áreas da produção e também de uma profunda calmaria na luta de classes. A demanda pela força de trabalho era enorme, e o desemprego desapareceu. Mas, quando os Grandes Trabalhos terminaram, e terminou também a colonização capitalista dos antigos desertos, que ocorria em paralelo, logo se deu uma crise industrial e a "paz social" foi violada. O caso caminhou rumo à revolução social. Mais uma vez, a sequência dos acontecimentos se deu de modo bastante pacífico; a principal arma dos operários eram as greves, e apenas em casos raros e em poucos lugares, quase excepcionalmente nas regiões agrícolas, chegava-se às revoltas. Passo a passo, os proprietários recuavam diante do inevitável, e mesmo quando o poder do Estado passou às mãos do partido operário, o lado dos vencidos não apresentou tentativas de defender sua causa por meio da violência.

A restituição, no sentido exato dessa palavra, não foi aplicada durante a socialização dos meios de produção. Porém, os capitalistas, inicialmente, recebiam pensões. Muitos deles desempenharam um papel de destaque na organização das empresas sociais. Não era fácil superar a dificuldade de distribuição das forças de

ESTRELA VERMELHA

trabalho de acordo com a inclinação dos próprios trabalhadores. Durante cerca de uma centena de anos existiu a jornada de trabalho obrigatória a todos – exceto aos capitalistas pensionistas –, que, no início, era de aproximadamente seis horas, diminuindo gradualmente. Entretanto, o progresso da tecnologia e o cálculo preciso do trabalho livre ajudaram na eliminação desses últimos resquícios do velho sistema.

Todo o quadro da evolução equilibrada da sociedade, não encharcado inteiramente, como entre nós, por fogo e sangue, causou-me um sentimento involuntário de inveja. Conversei com Netty sobre isso, quando terminávamos de ler o livro.

– Não sei – disse-me o jovem pensativo –, mas me parece que você não tem razão. As contradições, na Terra, são mais aguçadas, isso é verdade; mas a sua natureza é mais generosa em distribuir os golpes e a morte que a nossa. Talvez, porém, isso ocorra justamente porque as riquezas da natureza terráquea desde o início eram incomparavelmente maiores, e o Sol lhe dá muito mais da sua força vital. Veja quantos milhões de anos o nosso planeta é mais antigo, mas a nossa humanidade surgiu apenas algumas dezenas de milhares de anos antes da de vocês, e agora caminha à frente dela no que diz respeito a seu desenvolvimento em duas ou três centenas de anos. Para mim, essas humanidades são como duas irmãs. A mais velha tem a natureza tranquila e equilibrada, a mais nova é tempestuosa e impulsiva. A irmã mais nova emprega suas forças de maneira pior e comete mais erros; sua infância foi dolorosa e inquieta e, agora, na idade de transição para a juventude, sofre de frequentes ataques convulsivos dolorosos. Mas será que ela não dará uma artista criadora maior e mais potente que sua irmã mais velha? E será que, então, ela não conseguirá decorar a nossa Grande Natureza melhor e com mais riqueza? Não sei, mas me parece que assim será...

10. A chegada

Dirigida pela mente lúcida de Menny, a eteronave prosseguiu, sem novas aventuras, seu caminho rumo ao objetivo distante. Eu já tinha conseguido me adaptar razoavelmente às condições da existência sem gravidade, bem como dominar as principais dificuldades da língua dos marcianos, quando Menny anunciou a todos nós que já tínhamos percorrido metade do caminho e atingido o limite superior de velocidade, a qual, a partir de então, diminuiria.

Na hora precisa apontada por Menny, a eteronave colocou-se de cabeça para baixo com rapidez e suavidade. A Terra, que já há muito tempo se transformara de uma grande e iluminada foice em uma pequena, e da foice pequena em uma estrela brilhante esverdeada próxima ao disco solar, passara agora da parte inferior da esfera negra do firmamento ao hemisfério superior, e a estrela vermelha de Marte, que brilhava clara sobre nossas cabeças, revelou-se abaixo.

Mais dezenas e centenas de horas tinham se passado, a estrela de Marte se transformara em um disco claro e pequeno, e logo se tornaram visíveis duas estrelas pequeninas, seus satélites – Deimos e Fobos –, minúsculos planetinhas inocentes que em nada mereciam esses terríveis nomes, que em grego querem dizer "Horror" e "Medo". Os marcianos, em geral sérios, animaram-se e visitavam cada vez mais o observatório de Enno, a fim de observar suas terras natais. Eu também olhava, mas entendia mal aquilo que via, apesar das pacientes explicações de Enno. De fato, havia ali muita coisa que me era estranha.

As manchas vermelhas acabaram por se revelar florestas e prados, já as mais escuras, campos prontos para a colheita. As cidades apareciam como manchas azuladas, e apenas as águas e as neves assumiam para mim um tom familiar. O alegre Enno me fazia, às vezes, adivinhar o que eu via no campo do aparelho, e meus erros ingênuos divertiam muito a ele e a Netty; por meu turno, eu lhes pagava com piadas, chamando seu planeta de um reino de corujas sábias e cores invertidas.

As dimensões do disco vermelho aumentavam progressivamente e logo já superavam em muitas vezes o círculo do Sol, que havia diminuído notavelmente e se parecia com um mapa astronômico sem legendas. A força da gravidade também começou a aumentar de modo notável, o que me trazia uma sensação surpreendentemente agradável. Deimos e Fobos, de pontos claros, transformaram-se em círculos minúsculos, mas delineados com nitidez.

Mais 15 a 20 horas e eis que Marte, como um globo plano, estende-se sob nós, e eu vejo a olho nu mais do que ofereciam todos os mapas astronômicos de nossos cientistas. O disco de Deimos desliza por esse mapa circular, já Fobos não está mais visível para nós – encontra-se agora do outro lado do planeta.

Todos a meu redor ficam alegres, somente eu não consigo superar a espera ansiosa e aflita.

Mais e mais perto... Ninguém tem forças de se ocupar com nada – todos olham para baixo, onde se estende outro mundo, para eles, a pátria, para mim, repleto de mistério e segredos. Somente Menny não está conosco – está ao lado da máquina: as últimas horas da viagem são as mais perigosas; é preciso verificar a distância e regular a velocidade.

Quanto a mim, um Colombo involuntário daquele mundo, por que não estou sentindo nem alegria nem orgulho, nem mesmo aquele conforto que a imagem de terra firme deveria trazer após uma longa jornada pelo oceano do Intangível?

Os futuros acontecimentos já estão lançando sua sombra sobre o presente...

Restam apenas duas horas. Logo ingressaremos nos limites da atmosfera. O coração começa a bater com sofreguidão; eu não consigo mais olhar e me retiro para minha cabine. Netty vem atrás de mim.

Ele trava comigo uma conversa – não sobre o presente, mas sobre o passado, sobre a Terra distante lá no alto.

– Você ainda deve voltar para lá quando cumprir a tarefa – diz ele, e suas palavras soam para mim como um terno lembrete de coragem.

Conversamos sobre essa tarefa, sua necessidade e suas dificuldades. Para mim, o tempo estava passando imperceptível.

Netty olha para o cronômetro.

– Chegamos, vamos até eles! – ele diz.

A eteronave parou, as largas placas de metal se moveram e o ar fresco irrompe para dentro. Um céu limpo azul-esverdeado sobre nós, multidões ao redor.

Menny e Sterny são os primeiros a sair; estão levando um caixão transparente onde jaz o corpo congelado do camarada falecido, Letta.

Os demais saem atrás dele. Netty e eu saímos por último, juntos, ombro a ombro, e caminhamos em meio a uma multidão de milhares de pessoas parecidas com ele.

PARTE II

1. Na casa de Menny

No começo, me estabeleci na casa de Menny, numa cidade-zinha industrial, cujo centro e a base eram compostos por um grande laboratório químico, localizado bem abaixo da terra. A parte da cidade que ficava na superfície se espalhava em meio a um parque com a extensão de uma dezena de quilômetros quadrados: compunha-se de algumas centenas de moradias dos trabalhadores do laboratório, e uma grande Casa de Assembleias. O Armazém de Consumo era algo semelhante a uma loja universal, e a Estação de Transporte servia de conexão da cidade química com o restante do mundo. Menny era ali o dirigente de todos os trabalhos e morava perto dos prédios públicos, junto à principal descida para o laboratório.

A primeira coisa que me impressionou na natureza de Marte, e com a qual foi mais difícil me habituar, foi a cor vermelha das plantas. Sua substância corante, cuja composição é muito próxima à da clorofila das plantas terráqueas, desempenha uma função totalmente análoga na economia vital da natureza: cria os tecidos dos vegetais graças ao dióxido de carbono e à energia dos raios solares.

O zeloso Netty sugeriu que eu usasse óculos de proteção, para me livrar da irritação incomum dos olhos. Recusei.

– Esta é a cor da nossa bandeira socialista – eu disse. – Então, devo me acostumar com a natureza socialista de vocês.

– Se é assim, é preciso reconhecer que na flora terráquea também há socialismo, mas de forma oculta – observou Menny. – As folhas das plantas terráqueas também possuem um tom avermelhado – só está mascarado por um verde muito mais forte. Basta colocar óculos com lentes que absorvam o suficiente os raios verdes e deixem passar os vermelhos para que suas florestas e seus campos fiquem vermelhos como os nossos.

Não posso despender tempo nem espaço para descrever todas as formas peculiares das plantas e dos animais de Marte, ou sua atmosfera, límpida e transparente, relativamente rarefeita, mas rica em oxigênio, ou seu céu, profundo e escuro, de cor esverdeada, com um sol raquítico, duas luas minúsculas e duas brilhantes estrelas da tarde ou da manhã, Vênus e Terra. Tudo isso que outrora me era estranho e alheio, e agora, com a tinta das lembranças, é belo e querido, não está estritamente ligado aos objetivos de minha narrativa. As pessoas e as relações entre elas – eis o mais importante para mim; e em todo aquele ambiente fabuloso, justamente elas eram as mais fantásticas, as mais misteriosas.

Menny morava em um pequeno sobrado, cuja arquitetura não se distinguia da dos demais. O traço mais original dessa arquitetura consistia no telhado transparente, feito de algumas placas enormes de vidro azul. Logo abaixo do telhado ficavam um quarto e uma sala para receber os amigos para conversar. Os marcianos sempre passam o tempo de lazer sob uma luz azul, em virtude de seu efeito calmante, e não consideram desagradável o tom, sombrio aos nossos olhos, que essa luz atribui ao rosto humano.

Todas as salas de trabalho – o escritório, o laboratório doméstico, a sala de comunicação – encontravam-se no andar inferior, cujas grandes janelas deixavam passar as ondas da inquieta luz vermelha emanada pela folhagem brilhante das árvores do parque. Essa luz, que nos primeiros dias despertava em mim um humor preocupado e distraído, para os marcianos é um estimulante habitual, útil ao trabalho.

No escritório de Menny, havia muitos livros e todo tipo de aparelho para a escrita, desde um simples lápis até um fonógrafo impressor. Este último aparelho representa um mecanismo

ESTRELA VERMELHA

complexo no qual a gravação do fonógrafo, quando as palavras são pronunciadas com clareza, é transmitida imediatamente para as barras de tipos da máquina de escrever, de modo que se obtém uma tradução exata dessa gravação para o alfabeto comum. Além disso, o fonograma é preservado intacto, a fim de que se possa usar tanto ele como a tradução impressa, a depender da conveniência.

Sobre a escrivaninha de Menny, havia o retrato de um marciano de meia-idade. Seus traços me lembravam muito os de Menny, mas se distinguiam pela expressão de uma energia severa e uma determinação fria, uma expressão quase ameaçadora, alheia a Menny, cujo rosto sempre demonstrava apenas a vontade tranquila e firme. Ele me contou a história dessa pessoa.

Era um antepassado de Menny, um grande engenheiro. Viveu muito antes da revolução social, na época em que foram abertos os grandes canais; esses trabalhos grandiosos foram organizados de acordo com seu plano e conduzidos sob sua direção. Seu primeiro-ajudante, com inveja de sua glória e poder, armou uma intriga contra ele. Um dos principais canais, no qual trabalhavam algumas centenas de milhares de pessoas, iniciava-se em um local pantanoso e insalubre. Milhares de trabalhadores morreram ali em função de doenças, e entre os restantes acendia-se o descontentamento. Naquela mesma época, quando o engenheiro-chefe negociava com o governo central de Marte as pensões às famílias daqueles que faleceram no trabalho e daqueles que se tornaram inválidos, o primeiro-ajudante em segredo comandou a agitação dos descontentes contra ele: incitava-os a organizar uma greve, com exigência de transferir os trabalhos desse local para outro, o que seria impossível pela própria essência da coisa, uma vez que destruiria todo o plano dos Grandes Trabalhos, além da demissão do engenheiro-chefe, que, é claro, era bastante viável... Quando o engenheiro ficou sabendo de tudo isso, chamou o primeiro-ajudante para cobrar explicações e o matou no local. Durante o julgamento, o engenheiro recusou qualquer defesa e apenas afirmou que considerava seu modo de agir justo e necessário. Foi condenado a muitos anos de prisão.

Mas logo se tornou claro que nenhum de seus sucessores seria capaz de realizar a gigantesca organização dos trabalhos;

começaram os mal-entendidos, roubos, desordens, todo o mecanismo da missão ficou desajustado, os gastos subiram em centenas de milhões, e o descontentamento agudo entre os trabalhadores ameaçava se transformar em rebelião. O governo central apressou-se a contactar o antigo engenheiro; ofereceram-lhe indulto completo e a restituição do cargo. Ele recusou decisivamente o indulto, mas concordou em coordenar os trabalhos a partir da prisão.

Os auditores nomeados por ele rapidamente puseram-se a par da situação da missão nos locais; além disso, foram dispensados e julgados milhares de engenheiros e empreiteiros. O salário foi aumentado, a organização do fornecimento de alimentação, roupas e instrumentos de produção foi reconstituída, e os planos de trabalho, revistos e corrigidos. Logo a ordem se restabeleceu, e o enorme mecanismo começou a funcionar com rapidez e precisão, como um instrumento obediente nas mãos de um verdadeiro mestre.

E o mestre não só dirigia a coisa toda, como também desenvolvia o plano de sua continuação para os anos futuros; ao mesmo tempo, preparava um substituto na pessoa de um engenheiro muito enérgico e talentoso, surgido dentre os trabalhadores. No dia em que o tempo de prisão expiraria, tudo estava preparado de tal modo que o grande mestre considerou possível transferir a missão a outras mãos sem se preocupar com seu destino; e no mesmo momento em que o primeiro-ministro do governo central apareceu na prisão para libertar o preso, o engenheiro-chefe deu cabo de sua vida.

Enquanto Menny me contava tudo isso, seu rosto se alterava de maneira estranha; surgira nele a mesma expressão de severidade impiedosa, e ele se tornou notadamente parecido com seu antepassado. Senti em que grau lhe era familiar e compreensível essa pessoa que havia morrido centenas de anos antes de seu nascimento.

A sala de comunicação ocupava a posição central do andar inferior. Nela, havia telefones ligados a aparelhos óticos, que transmitiam a imagem daquilo que acontecia diante deles a qualquer distância pretendida. Alguns aparelhos conectavam a habitação de Menny com a Estação de Comunicação, e por meio dela, com todas as outras casas da cidade e com todas as outras cidades do planeta. Outros serviam de conexão com o laboratório subterrâneo dirigido por Menny. Estes funcionavam sem interrupções: em algumas telas de grades finas viam-se as imagens reduzidas das salas iluminadas, onde se encontravam grandes máquinas metálicas e aparelhos de vidro, diante dos quais dezenas e centenas de pessoas trabalhavam. Dirigi-me a Menny com o pedido de me levar a esse laboratório.

– Isso não seria conveniente – respondeu ele. – Ali são realizados os trabalhos com a matéria em estados instáveis; e o perigo de explosão ou de envenenamento por raios invisíveis, por menor que seja, graças a todas as nossas precauções, ainda assim existe. Você não deve se expor a ele, porque por ora é único e não teríamos ninguém para substituí-lo.

No laboratório da casa de Menny, havia somente aparelhos e materiais relacionados às pesquisas realizadas naquele momento.

No corredor do andar inferior, estava suspensa no teto uma gôndola aérea, que podia ser usada a qualquer hora para viajar aonde quer que fosse.

– Onde Netty mora? – perguntei a Menny.

– Na cidade grande, a duas horas daqui por via aérea. Há ali uma grande fábrica de máquinas com algumas dezenas de milhares de operários, então Netty dispõe de mais material para suas pesquisas médicas. Já aqui temos outro médico.

– E quanto à fábrica de máquinas, seria um problema se eu eventualmente a visitasse?

– É claro que não: não há ali nenhuma ameaça específica a você. Se quiser, amanhã mesmo vamos juntos até lá.

E foi assim que decidimos.

2. Na fábrica

Cerca de 500 quilômetros em duas horas é a velocidade do voo mais rápido de um falcão, que até hoje não foi alcançada nem mesmo por nossas estradas de ferro... Abaixo, desdobravam-se numa rápida alternância paisagens desconhecidas e estranhas; ainda mais rápido, passavam voando por nós pássaros estranhos e desconhecidos. Os raios do sol lampejavam uma luz azul nos telhados das casas e uma luz amarela familiar nas enormes cúpulas de alguns prédios desconhecidos. Os rios e os canais cintilavam como faixas de aço; meus olhos repousavam neles, porque eram como na Terra. Eis que ao longe se tornou visível uma enorme cidade espalhada ao redor de um pequeno lago e atravessada por um canal. A gôndola desacelerou e suavemente pousou perto de uma pequena e bonita casa – a casinha de Netty.

Netty estava ali e nos recebeu com alegria. Acomodou-se em nossa gôndola e seguimos viagem: a fábrica ficava ainda a alguns quilômetros, do outro lado do lago.

Cinco enormes prédios dispostos em forma de cruz e construídos de uma mesma maneira; uma límpida cúpula de vidro apoiada em algumas dezenas de colunas escuras, formando um círculo exato ou uma elipse ligeiramente oblonga; placas de vidro similares, alternadas entre transparentes e foscas, formavam paredes entre as colunas. Paramos diante do bloco central, o maior de todos, com portões de cerca de dez metros de largura e doze metros de altura, que ocupavam completamente a abertura entre uma coluna e outra. O teto do primeiro andar cortava na horizontal, pela metade, a abertura dos portões; alguns pares de trilhos entravam pelos portões e desapareciam edifício adentro.

Voamos até a parte superior dos portões e, ensurdecidos pelo barulho das máquinas, fomos logo parar no segundo andar. No entanto, não se tratava de um andar à parte, no sentido exato dessa palavra, e sim, mais precisamente, de uma rede de passarelas que entrelaçava por todos os lados as gigantescas máquinas cuja disposição me era desconhecida. Alguns metros acima dessa rede havia outra semelhante – e mais acima, a terceira, a quarta, a quinta; todas elas eram formadas por um parquete de vidro assentado em vigas de grades de ferro, todas as redes eram interligadas por muitos elevadores e escadas, e cada rede era menor que a inferior.

Nem fumaça, nem fuligem, nem odor, nem poeira fina. Em meio ao ar limpo, fresco, as máquinas, banhadas por uma luz não muito clara, mas que penetrava por todos os lados, trabalhavam em harmonia e com cadência. Cortavam, serravam, limavam e

ESTRELA VERMELHA

perfuravam enormes peças de ferro, alumínio, níquel, cobre. As alavancas, parecidas com gigantescas mãos de aço, moviam-se com exatidão e suavidade; grandes plataformas deslocavam-se para frente e para trás com uma precisão natural; as rodas e as correias de transmissão pareciam imóveis. Não era a força bruta do fogo e do vapor a alma desse mecanismo monstruoso, mas a força mais fina, porém mais poderosa, da eletricidade.

O próprio barulho das máquinas, quando o ouvido se acostumava um pouco, passava a parecer quase melódico, à exceção daqueles momentos em que o martelo principal, de alguns milhares de toneladas, despencava e tudo estremecia em um impacto estrondoso.

As centenas de operários andavam confiantes em meio às máquinas, e nem seus passos nem suas vozes se faziam ouvir no mar de sons. Na expressão de seus rostos, não havia nada de preocupação tensa, apenas uma atenção tranquila. Pareciam observadores curiosos, instruídos, que, na realidade, nada tinham a ver com tudo o que acontecia; só lhes interessava observar como os enormes pedaços de metal, nas plataformas de trilhos que emergiam sob a cúpula transparente, caíam nos abraços de ferro dos escuros monstros, e como depois esses monstros os rasgavam com suas mandíbulas fortes, esmagavam com suas patas pesadas e firmes, furavam com suas garras brilhantes e afiadas; como, por fim, os restos desse jogo brutal, já em forma de partes de máquinas bem-torneadas e delicadas, eram levados a partir do outro lado do bloco, pelos leves vagões da ferrovia, para uma finalidade misteriosa. Parecia bastante natural que os monstros de aço não tocassem nos pequenos contempladores de olhos grandes que passeavam confiantes entre eles: era simplesmente o desprezo à fraqueza, a presa reconhecida como insignificante demais, indigna da força monstruosa dos gigantes. Tampouco eram perceptíveis e visíveis os fios que ligavam o cérebro delicado das pessoas aos órgãos indestrutíveis do mecanismo.

Quando finalmente saímos do edifício, o técnico que nos guiava perguntou se gostaríamos de inspecionar os outros blocos e as construções auxiliares logo em seguida ou se preferíamos fazer uma pausa para descansar. Posicionei-me a favor da pausa.

– Vi as máquinas e os operários – eu disse –, mas a organização do trabalho não consigo imaginar de jeito nenhum. É justamente sobre isso que eu gostaria de lhe perguntar.

Em vez de responder, o técnico nos levou a uma pequena edificação em forma cúbica, que se encontrava entre o bloco central e um dos laterais. Havia mais três edificações como esta, todas organizadas em posição análoga. Suas paredes pretas eram cobertas por sequências de sinais brancos e brilhantes – eram simples tabelas com estatísticas do trabalho. Eu já dominava a língua dos marcianos a ponto de compreendê-los. Em uma, marcada pelo número um, constava:

"A produção de máquinas tem um excedente de 968.757 horas de trabalho diário, das quais 11.525 horas de trabalho são de especialistas experientes."

"Nesta fábrica, há um excedente de 753 horas; das quais 29 são de especialistas experientes."

"Não há falta de operários nas produções: agrícola, de mineração, de terraplanagem, química..." etc. (enumerava-se, na ordem alfabética deles, uma multiplicidade de setores de trabalho).

Na tabela de número dois, estava escrito:

"A produção de vestuário tem um déficit de 392.685 horas de trabalho diárias, das quais 21.380 horas de trabalho exigem mecânicos experientes em máquinas especiais e 7.852 horas de trabalho exigem especialistas em organização."

"A produção de calçados precisa de 79.360 horas; das quais..." etc.

"O Instituto de Estatística precisa de 3.078 horas..." etc.

As tabelas de número 3 e 4 tinham o mesmo tipo de conteúdo. Nas listas dos setores de trabalho, havia, ainda, a educação das crianças em idade pré-escolar, a educação das crianças em idade escolar, medicina em zonas urbanas, medicina em zonas rurais e assim por diante.

– Por que o excedente de trabalho é especificado com precisão apenas na produção das máquinas, enquanto o déficit em outras áreas é marcado com tantos pormenores? – perguntei.

– Isso é muito evidente – respondeu Menny –, é preciso que as tabelas impliquem redistribuição do trabalho: para isso é necessário que cada um possa ver onde falta força de trabalho e em que justa medida. Então, quando uma pessoa tiver aptidão exata ou aproximadamente igual para duas atividades, escolherá aquela cujo déficit é maior. Quanto ao excedente de trabalho, é preciso saber apenas os dados exatos de onde ele de fato ocorre, para que cada operário desse setor possa considerar o tamanho do excedente e o grau de aptidão para mudar de atividade.

Enquanto conversávamos, notei de repente que alguns dos números da tabela sumiram para que, em seu lugar, surgissem novos. Perguntei o que isso significava.

– Os números mudam de hora em hora – explicou Menny –, no decorrer de uma hora, alguns milhares de pessoas já tiveram tempo de expressar sua vontade de se transferir de um trabalho para outro. O mecanismo estatístico central marca isso constantemente, e a cada hora a transmissão elétrica transfere suas mensagens para todas as partes.

– Mas de que modo o mecanismo central estabelece os números do excedente e do déficit?

– O Instituto de Estatística tem, em todos os lugares, agências que monitoram a movimentação dos produtos nos depósitos, a produção de todas as empresas e a variação de sua quantidade de trabalhadores. Desse modo, pode-se estabelecer, com precisão, o que deve ser produzido para determinado período e quantas horas de trabalho serão necessárias para isso. Depois, resta ao instituto calcular, de acordo com cada setor de trabalho, a diferença entre aquilo que há e aquilo que é preciso ter, e informar todos os lugares. Em seguida, o fluxo de voluntários restaura o equilíbrio.

– E o consumo de produtos não é limitado em nada?

– Em absolutamente nada: cada qual pega aquilo de que precisa na medida que quiser.

– E para isso não é preciso ter nada semelhante a dinheiro, nenhum comprovante de trabalho realizado ou obrigação de realizá-lo ou qualquer outra coisa do gênero?

– Nada disso. E mesmo assim nunca temos déficit de trabalho livre: o trabalho é uma necessidade natural do ser socialista desenvolvido, e qualquer forma de coerção para o trabalho, disfarçada ou evidente, nos é completamente desnecessária.

85

– Mas se o consumo não é limitado em nada, não seria possível haver flutuações acentuadas, que podem derrubar todos os cálculos estatísticos?

– Claro que não. Um indivíduo pode consumir uma ou outra refeição em quantidade duas ou três vezes maior que a habitual, ou trocar de terno todos os dias por dez dias seguidos, mas uma sociedade de três bilhões de pessoas não está sujeita a essas oscilações; quando os números são tão grandes, os desvios para ambos os lados são balanceados, e os valores médios mudam muito devagar, em uma continuidade estrita.

– Então, sua estatística trabalha de modo quase automático: simples cálculo e nada mais?

– Não é bem assim. Aqui há grandes dificuldades. O Instituto de Estatística deve acompanhar atentamente as novas invenções e as mudanças das condições naturais da produção para considerá-las com precisão. Quando é introduzida uma nova máquina, ela logo exige a transferência de trabalho tanto no setor onde ela é usada quanto na produção das máquinas, e às vezes também na produção dos materiais para um ou outro setor. Quando um minério se esgota, devem ser descobertas novas jazidas de minerais – e de novo ocorre a transferência do trabalho em toda uma série de áreas de produção: mineração, estradas de ferro etc. Tudo isso deve ser calculado desde o início, se não com bastante precisão, ao menos com um grau suficiente de aproximação, o que não é nada fácil, enquanto não são obtidos dados de observação direta.

– Com essas dificuldades – observei –, é necessário, pelo visto, ter alguma reserva de excedente de trabalho?

– Exatamente, é esse o principal pilar do nosso sistema. Há uns duzentos anos, quando o trabalho coletivo mal bastava para satisfazer todas as necessidades da sociedade, era necessária uma precisão exata dos cálculos, e a distribuição do trabalho não podia se realizar de maneira totalmente livre: existia uma jornada de trabalho obrigatória, e dentro dessas limitações nem sempre era possível considerar a vocação dos camaradas. Mas se cada invenção criava dificuldades temporárias para a estatística, depois facilitava a tarefa principal: a passagem para a liberdade ilimitada do trabalho. No início, reduziu-se a jornada de trabalho, depois, quando todas as áreas registraram excedentes, toda e qualquer obrigatoriedade foi eliminada. Observe como são insignificantes todos os números que expressam o déficit de trabalho de acordo com as produções: milhares, dezenas ou centenas de milhares de horas de trabalho, não mais, e isso comparado aos milhões e dezenas de milhões de horas de trabalho que já são gastas nas mesmas produções.

– Contudo, mesmo assim, ocorre déficit de trabalho – retruquei. – Ele provavelmente deve ser compensado pelo excedente posterior, não é mesmo?

– E não só pelo excedente posterior. Na verdade, o próprio cálculo do trabalho necessário é realizado de tal maneira que, ao número principal, acrescenta-se ainda uma pequena quantidade. Nos setores mais importantes da sociedade – produção de alimentos, roupas, prédios, máquinas – esse acréscimo chega a 6%, nos menos importantes é de 1-2%. Desse modo, os números do déficit nessa tabela expressam, de modo geral, apenas uma falta relativa, e não uma absoluta. Se as dezenas e centenas de milhares de horas marcadas aqui não fossem supridas, isso ainda não significaria que a sociedade sofreria com o déficit.

– E quanto tempo trabalha cada um nesta fábrica, por exemplo?

– Em grande parte, duas horas, uma hora e meia, duas horas e meia – respondeu o técnico –, mas acontece de ser menos ou mais. Por exemplo, o camarada que controla o martelo principal fica tão entretido com seu trabalho que não deixa ninguém o substituir durante todo o tempo de trabalho da fábrica, ou seja, seis horas diárias.

Mentalmente, transpus todas essas cifras para números terráqueos a partir dos cálculos dos marcianos, para quem os dias, muito mais compridos que os nossos, consistiam em dez horas. O resultado foi: o trabalho comum era de quatro, cinco ou seis horas da Terra; e a duração maior, de quinze horas, ou seja, igual à nossa nas empresas em que há mais exploração na Terra.

– Mas será que não é nocivo para o camarada trabalhar tanto no martelo? – perguntei.

– Por enquanto, não é nocivo – respondeu Netty –, e por mais uns seis meses ele pode se dar esse luxo. Mas eu, é claro, avisei-o dos perigos com os quais essa paixão o ameaça. Um deles é a possibilidade de um ataque psíquico convulsivo, que, com uma força irresistível, o arrastaria para baixo do martelo. No ano passado, aconteceu um caso semelhante nesta mesma fábrica, com outro mecânico, também amante das fortes sensações. Graças apenas a uma feliz coincidência tivemos tempo de parar o martelo, e o suicídio involuntário falhou. A sede pelas fortes sensações por si só ainda não é uma doença, mas está facilmente sujeita a perversões se o sistema nervoso for abalado, nem que seja um pouco, pelo excesso de trabalho, por uma luta emocional ou alguma doença ocasional. De modo geral, não perco de vista, é claro, aqueles camaradas que se entregam sem comedimento a algum trabalho monótono.

– E aquele camarada sobre o qual falávamos, não deveria reduzir sua atividade, já que na produção de máquinas há excedente de trabalho?

– É claro que não – riu Menny. – Por que justamente ele, por sua conta, deve restabelecer o equilíbrio? A estatística não obriga ninguém a nada. Cada um a leva em conta ao fazer seus cálculos. Mas não pode se guiar só por ela. Se você quisesse ingressar nesta fábrica de imediato, provavelmente encontrariam um trabalho para você, e na estatística central o excedente aumentaria em uma ou duas horas e só. A influência da estatística impacta o tempo nas transferências de trabalho *em massa*, mas cada indivíduo é livre.

Durante a conversa, tivemos tempo suficiente para descansar, e todos, exceto Menny, continuamos a visita da fábrica. Menny foi para casa, chamavam-no do laboratório.

Decidi passar a noite na casa de Netty: ele prometeu me levar no dia seguinte à Casa das Crianças, onde sua mãe era uma das educadoras.

3. A Casa das Crianças

A Casa das Crianças ocupava uma parte significativa e, ainda, a melhor da cidade, com uma população de 15 mil a 20 mil pessoas. Essa população era, de fato, composta quase que só por crianças e seus educadores. Tais instituições existiam em

ESTRELA VERMELHA

praticamente todas as cidades do planeta e, em muitos casos, formavam também cidades autônomas; apenas em pequenos povoados, como a "cidade química" de Menny, elas em geral não existiam.

Grandes casas de dois andares com telhados azuis comuns, espalhadas entre jardins com riachos, lagos, parques para lazer e ginástica, canteiros de flores e de ervas úteis, casinhas para animais domésticos e pássaros... Multidões de crianças de olhos grandes e sexo desconhecido – graças ao traje idêntico para meninas e meninos... É verdade que, mesmo entre os marcianos adultos, é também difícil distinguir homens e mulheres pelo traje; em linhas gerais, são iguais, existe certa diferença apenas no estilo: nos homens, as vestimentas transmitem com mais precisão as formas do corpo, enquanto nas mulheres as mascaram em maior medida. Em todo caso, aquela pessoa de meia-idade que nos recebeu ao descermos da gôndola às portas de uma das casas maiores era, sem dúvida, uma mulher, pois Netty, ao abraçá-la, chamou-a de mãe. Na conversa seguinte, ele, no entanto, dirigia-se a ela como a qualquer outro camarada, simplesmente pelo nome – Nella.

A marciana já tinha conhecimento do propósito de nossa visita e nos conduziu por sua própria Casa das Crianças, por todas as divisões, começando com a divisão dos bebês, chefiada por ela mesma, até a divisão das crianças maiores, já quase adolescentes. No caminho, os monstrinhos se juntavam a nós e nos seguiam, observando curiosos, com seus enormes olhos, a pessoa de outro planeta: eles sabiam bem quem eu era e, quando passamos pelas últimas divisões, já estávamos acompanhados por uma multidão inteira, embora a maioria das criancinhas houvesse se espalhado pelos jardins desde o começo da manhã.

Viviam nessa casa um total de cerca de trezentas crianças de diferentes idades. Perguntei a Nella por que nas "casas das crianças" todas as idades estavam juntas, e não separadas em casas específicas, o que facilitaria em muito a divisão das tarefas entre os educadores e simplificaria o trabalho de todos.

– Porque assim não haveria educação real – Nella me respondeu. – Para receber educação para a sociedade, uma criança deve viver em sociedade. A maior parte da experiência de vida e dos conhecimentos as crianças obtêm umas das outras. Isolar uma idade da outra significaria criar para elas um modo de vida unilateral e estreito, no qual o desenvolvimento da futura pessoa caminharia de modo devagar, debilitado e monótono. Para a atividade direta, a diferença de idades oferece maior espaço. As crianças mais velhas são nossos melhores ajudantes nos cuidados com os pequenos. Não, nós não só juntamos conscientemente todas as idades das crianças, mas também tentamos escolher educadores das mais diferentes idades e das mais diferentes especialidades práticas para cada Casa das Crianças.

– Contudo, nesta casa, as crianças são distribuídas pelas divisões de acordo com a idade, o que parece não corresponder àquilo que você está dizendo.

– As crianças se reúnem nas divisões somente para dormir, tomar café da manhã e almoçar, e nisso, é claro, não há necessidade de misturar idades diferentes. Para os jogos e as atividades, porém, eles sempre se agrupam de acordo sua preferência. Mesmo quando há algo como uma leitura, de ficção ou de um texto científico, para crianças de uma divisão, a sala de aula sempre fica repleta por uma massa de crianças das outras divisões. As próprias crianças escolhem sua companhia e gostam de se aproximar das crianças das outras idades, e principalmente dos adultos.

– Nella – disse nesse momento, saído da multidão, um pequeno –, Estta pegou o barquinho que eu mesmo fiz; pegue o barquinho dela e me devolva.

– E onde ela está? – perguntou Nella.

– Correu até o lago, para colocar o barquinho na água – explicou a criança.

– Agora eu não tenho tempo de ir até lá; chame uma das crianças mais velhas para ir com você e convença Estta a não lhe ofender. Ou, melhor ainda, vá sozinho e a ajude a colocar o barquinho na água; não é de surpreender que ela tenha gostado do barquinho, se ele foi bem-feito.

O menino saiu, e Nella se dirigiu aos demais:

– E vocês, crianças, fariam bem se nos deixassem sozinhos. O estrangeiro não deve estar confortável com uma centena de olhos infantis o encarando. Imagine, Élvi, que uma multidão inteira de estrangeiros o estivesse observando. E então, o que você faria?

– Eu fugiria – afirmou corajoso o menino ao qual ela se dirigiu, que na multidão era o mais próximo. E todas as crianças, naquele mesmo minuto, saíram correndo, cada uma para um lado, rindo. Nós fomos ao jardim.

– Sim, vejam só o poder do passado – disse a educadora sorrindo. – Ao que parece, temos um comunismo completo, quase nunca precisamos recusar algo às crianças; de onde surgiria o sentimento de propriedade privada? Mas então a criança chega e afirma: "meu" barquinho, "eu mesmo" fiz. E isso é muito comum: às vezes, até acaba em briga. Não se pode fazer nada, é a lei geral da vida: o desenvolvimento do organismo repete em menor escala o desenvolvimento da espécie, assim como o desenvolvimento do indivíduo repete o desenvolvimento da sociedade. A autodeterminação das crianças pequenas e das maiores, em muitos casos, possui esse caráter vagamente individualista. A aproximação da puberdade, num primeiro momento, ainda reforça esse matiz. Apenas na juventude o meio social do presente vence por completo os resquícios do passado.

– E vocês ensinam esse passado às crianças? – perguntei.

– É claro que ensinamos: e elas gostam muito das conversas e das histórias sobre os tempos antigos. No começo, são como contos de fadas para eles, contos bonitos, mas um pouco assustadores sobre outro mundo, estranho e longínquo, mas que despertam, com seus quadros de luta e violência, ecos obscuros na profundidade atávica dos instintos infantis. Só mais tarde, ao superar os resquícios do passado em sua própria alma, a criança aprende a perceber com mais clareza a conexão temporal, e os quadros-contos transformam-se, para ela, em realidade histórica, passam a ser elos vivos da continuidade viva.

Caminhávamos pelas alamedas de um amplo jardim. De quando em quando, deparávamos com grupos de crianças, ocupadas ora brincando, ora cavando pequenos canais, ora trabalhando com ferramentas de artesanato, ora construindo caramanchões, ora simplesmente em uma conversa animada. Todas se voltavam para mim com interesse, mas ninguém nos seguia: pelo visto, haviam sido advertidas. A maioria dos grupos que encontrávamos eram de idade mista; em muitos, havia um ou dois adultos.

– Na sua casa, existem muitos educadores – observei.

– Sim, especialmente se contar entre eles todas as crianças mais velhas, o que seria justo. Mas, aqui, os educadores profissionais são só três; os outros adultos que você está vendo são, na grande maioria, mães e pais que se instalam aqui temporariamente, perto de seus filhos, ou jovens que desejam estudar o ofício da educação.

– Então, todos os pais que desejarem podem se instalar aqui para viver com seus filhos?

– Sim, é evidente; e algumas mães moram aqui por anos. Mas a maioria vem periodicamente, para uma, duas semanas, um mês. Os pais vêm viver aqui mais raramente. Porém, em nossa casa, há apenas sessenta quartos individuais para mães e pais e para aquelas crianças que buscam privacidade, e eu não me lembro de um caso em que esses quartos não tenham sido suficientes.

– Quer dizer que mesmo as crianças às vezes se recusam a viver nos recintos comuns?

– Sim, às vezes as crianças mais velhas preferem viver separadamente. Isso, em parte, deve-se àquele vago individualismo sobre o qual eu lhe havia dito e, em parte, sobretudo nas crianças que tendem a se aprofundar muito nos estudos científicos, é um simples desejo de afastar tudo aquilo que distrai e dissipa a atenção. Afinal, mesmo entre os adultos, quem gosta de viver completamente isolado são, em geral, aqueles que se ocupam mais das pesquisas científicas ou da criação artística.

Nesse momento, diante de nós, em um pequeno campinho, notamos uma criança, de aparentemente uns seis ou sete anos, que com um pau na mão corria atrás de um animal. Apertamos o passo; a criança não nos deu atenção. No momento em que nos aproximávamos, ela alcançou a sua presa – algo parecido com um sapo grande – e deu-lhe uma forte paulada. O animal rastejou para o mato com a pata quebrada.

– Por que você fez isso, Aldo? – perguntou Nella com tranquilidade.

ESTRELA VERMELHA

– Eu não conseguia pegá-lo de jeito nenhum, ele só fugia – explicou o menino.

– E você sabe o que fez? Você machucou o sapo e quebrou sua pata. Dê-me o pau que eu lhe explico.

O menino estendeu a vara a Nella, e ela, com um rápido movimento, bateu com força em sua mão. O menino soltou um grito.

– Doeu, Aldo? – perguntou a educadora, com a mesma tranquilidade.

– Doeu muito, Nella malvada! – respondeu ele.

– E você bateu no sapo com mais força ainda. Eu só bati na sua mão, mas você quebrou a pata dele. Ele não apenas está sentindo mais dor, como agora não vai conseguir correr nem pular, não vai ser capaz de encontrar alimento, e vai morrer de fome ou será comido por animais malvados dos quais não poderá fugir. O que você acha disso, Aldo?

A criança estava com lágrimas de dor nos olhos, segurando a mão ferida com a outra mão, mas ficou pensativa; depois de um minuto, respondeu:

– Temos que consertar a patinha dele.

– Isso, sim, está correto – disse Netty –. Deixe que eu o ensino a fazer isso.

Eles logo capturaram o animal ferido, que só tinha conseguido se arrastar alguns passos. Netty tirou seu lenço e o rasgou em tiras, e Aldo, seguindo suas instruções, trouxe alguns gravetos finos. Depois ambos, com a autêntica seriedade de crianças ocupadas com um assunto muito importante, puseram-se a arrumar uma atadura firme para a patinha quebrada do sapo.

Logo Netty e eu estávamos nos preparando para voltar para a casa.

– Ah, sim – lembrou-se Nella –, hoje à noite você poderia encontrar aqui seu velho amigo Enno. Ele vai contar aos mais velhos sobre o planeta Vênus.

– Então ele também mora nesta mesma cidade? – perguntei.

– Não, o observatório no qual ele trabalha está a três horas de viagem daqui, mas ele gosta muito de crianças e não esquece a mim, sua velha educadora. Por isso costuma nos visitar e toda vez conta algo interessante para elas.

À noite, na hora marcada, comparecemos de novo à Casa das Crianças; no grande auditório, já estavam reunidas todas as crianças, menos as muito pequenas, e algumas dezenas de adultos. Enno me recebeu com alegria.

– Escolhi um tema como se fosse especialmente para você – disse ele em tom brincalhão. – Você fica triste e aflito com o atraso de seu planeta e os maus costumes de sua humanidade. Vou contar sobre um planeta onde os representantes superiores da vida são apenas dinossauros e lagartos voadores, e seus costumes são piores que os da sua burguesia. Ali o carvão mineral não arde no fogo do capitalismo, mas ainda está crescendo na forma de gigantescas florestas. Vamos juntos até lá algum dia, para caçar os ictiossauros? São os Rothschild e os Rockefeller locais, mas muito mais moderados que os de vocês, terráqueos, e em compensação muito menos cultivados. Aquele é o reino da acumulação mais primitiva possível, esquecida n'*O capital* do Marx de vocês... Bom, Nella já está franzindo o cenho para minha tagarelice fútil. Já vou começar.

Ele descrevia o longínquo planeta com seus profundos oceanos tempestuosos e montanhas de enorme altitude, com o Sol ardente e nuvens brancas espessas, terríveis furacões e tempestades, monstros disformes e plantas gigantescas majestosas. Ilustrava tudo isso com fotos vivas na tela, que ocupava a parede inteira do auditório. Somente a voz de Enno podia ser ouvida na escuridão; a atenção profunda reinava no auditório. Quando ele, ao descrever as aventuras dos primeiros viajantes nesse mundo, contou como um deles matou um lagarto gigante com uma granada de mão, ocorreu um pequeno e estranho incidente não percebido pela maioria do público. Aldo, que o tempo inteiro ficara junto de Nella, de repente começou a chorar baixinho.

– O que há com você? – perguntou Nella, inclinando-se em sua direção.

– Tenho dó do monstro. Ele sentiu muita dor, e morreu para sempre – respondeu baixinho o menino.

Nella abraçou a criança e começou a lhe explicar alguma coisa a meia-voz, mas ainda levou tempo para ele se acalmar.

ESTRELA VERMELHA

Já Enno, enquanto isso, contava sobre as inúmeras riquezas naturais daquele planeta maravilhoso, sobre as gigantescas cachoeiras com a potência de centenas de milhões de cavalos, sobre os metais nobres encontrados bem na superfície de suas montanhas, sobre as riquíssimas jazidas de rádio a uma profundidade de algumas centenas de metros, sobre o estoque de energia para centenas de milhares de anos. Eu ainda não dominava a língua suficientemente para sentir a beleza da narração, mas os próprios quadros prendiam minha atenção com a mesma plenitude que a das crianças. Quando Enno terminou e a sala iluminou-se, senti até um pouco de tristeza, tal qual a pena que as crianças sentem quando chega ao fim um belo conto de fadas.

Ao fim da palestra, começaram as perguntas e objeções por parte dos ouvintes. As perguntas eram tão variadas quanto os próprios ouvintes; ora diziam respeito aos detalhes das imagens de natureza, ora aos meios de combate a essa natureza. Havia uma pergunta assim: quanto tempo levaria para que surgissem, da própria natureza de Vênus, as pessoas, e que composição corporal elas teriam?

As objeções, em grande parte ingênuas, mas, às vezes, bastante espirituosas, dirigiam-se, sobretudo, contra a conclusão de Enno de que, no tempo presente, Vênus era um planeta bastante inóspito para as pessoas, e era improvável aproveitar suas grandes riquezas de modo significativo no curto prazo. Os jovens otimistas se rebelaram energicamente contra essa opinião, que expressava o ponto de vista da maioria dos pesquisadores. Enno apontou que o Sol ardente e o ar úmido, com muitas bactérias, oferecem o risco de muitas doenças para as pessoas, o que todos os viajantes que estiveram em Vênus tinham experimentado; que os furacões e as tempestades dificultariam o trabalho e representariam uma ameaça à vida das pessoas; e muitas outras coisas. As crianças achavam estranho recuar diante desses tipos de obstáculos, quando parecia ser preciso dominar um planeta tão magnífico. Para o combate das bactérias e das doenças, era necessário enviar para lá, o mais rápido possível, mil médicos; para o combate aos furacões e às tempestades, centenas de milhares de construtores, que ergueriam, onde fosse necessário, muros altos e instalariam

95

para-raios. "Mesmo que morram nove entre cada dez" – disse um menino impetuoso de uns doze anos – "tem aqui algo em nome do que morrer, desde que a vitória seja conquistada!" E seus olhos ardentes deixavam ver que ele, claro, não teria recuado em fazer parte desses nove décimos.

Enno, com suavidade e calma, destruía os castelos de cartas de seus oponentes; mas era possível ver que no fundo da alma simpatizava com eles e que, em sua fantasia jovem e ardente, ocultavam-se os mesmos planos resolutos, obviamente mais ponderados, mas, talvez, não menos altruístas. Ele mesmo ainda não estivera em Vênus, mas, por sua paixão, percebia-se que a beleza e os perigos de lá o fascinavam muito.

Quando a conversa terminou, Enno se retirou comigo e com Netty. Ele decidiu passar mais um dia na cidade e me convidou a, no dia seguinte, irmos juntos ao Museu de Arte. Netty estaria ocupado: tinham-no chamado a outra cidade para um grande encontro de médicos.

4. Museu de Arte

– Não podia imaginar que vocês tivessem museus específicos de obras artísticas – eu disse a Enno no caminho para o museu. Eu pensava que as galerias de esculturas e pinturas eram uma particularidade do capitalismo, um luxo ostentatório e o desejo de acumular riqueza de forma rudimentar. Já na sociedade socialista, eu supunha, a arte se dissiparia por todos os lugares, ao lado da vida, a qual ela adorna.

– Você não está errado nisso – respondeu Enno. – Grande parte das obras de arte destina-se aqui sempre aos edifícios públicos – aqueles nos quais discutimos nossos assuntos gerais, nos quais estudamos e pesquisamos, nos quais descansamos... Adornamos muito menos nossas fábricas e plantas: a estética das máquinas poderosas e de seu movimento harmonioso nos agrada em sua forma pura, e há muito poucas obras de arte que com ela pudessem harmonizar por completo, sem dissipar nem enfraquecer o que ela exprime. Ainda menos decoramos nossas casas – nas quais, em grande parte, passamos muito pouco tempo; já nossos museus de arte são instituições científico-estéticas, são escolas para estudar como a arte se desenvolve ou, mais precisamente, como se desenvolve a humanidade em sua atividade artística. O museu ficava no lago, em uma pequena ilha ligada à margem por uma ponte estreita. O prédio em si, que em um retângulo alongado cercava o jardim com fontes altas e uma variedade de flores azuis, brancas, pretas e verdes, era decorado com elegância na parte externa e repleto de luz no interior.

Ali não havia, de fato, uma aglomeração tão caótica de esculturas e pinturas como na maioria dos museus da Terra. Diante de mim, em algumas centenas de amostras, passou a sequência do desenvolvimento das artes plásticas, das primeiras obras primitivas e rústicas da época pré-histórica até as obras tecnicamente perfeitas do último século. Do começo ao fim, em toda parte, sentia-se impressa aquela integridade interior viva, a qual as pessoas chamam de "gênio". Tudo indicava se tratar das melhores obras de todas as épocas.

Para compreender com bastante clareza a beleza de outro mundo, é preciso conhecer a fundo sua vida, e para dar aos outros uma ideia dessa beleza, é imprescindível que você mesmo seja parte orgânica dela... É por isso que, para mim, é impossível *descrever* o que vi ali. Posso apenas fazer alusões, somente indicações fragmentárias sobre o que mais me impressionou.

O principal motivo da escultura marciana, assim como da nossa, é o maravilhoso corpo humano. As distinções entre a composição física dos marcianos e a composição física dos terráqueos, de modo geral, não são grandes; caso não se considerem as diferenças notáveis no tamanho dos olhos e, em parte, consequentemente, na forma do crânio, essas distinções não superam aquelas existentes entre as raças terráqueas. Eu não saberia explicá-las com precisão, conheço muito mal a anatomia, mas meu olho se acostumou muito facilmente a elas, e eu as percebia quase de imediato não como feiura, mas como originalidade.

Percebi que as composições masculina e feminina são semelhantes em maior medida que na maioria das tribos terráqueas: os ombros relativamente largos das mulheres e a musculatura masculina, que não se destaca com tanta nitidez por serem mais corpulentos e terem um quadril menos estreito, suavizam a diferença. Isso, todavia, refere-se principalmente à última época – a época do desenvolvimento humano livre: nas estátuas do período capitalista, as diferenças entre os sexos eram mais acentuadas. Pelo visto, a escravidão doméstica da mulher e a luta frenética do homem pela sobrevivência distorcem o corpo em duas direções diferentes.

Nem por um minuto desaparecia em mim aquela consciência ora clara, ora vaga, de que havia em minha frente imagens de um mundo alheio; ela atribuía a todas as impressões um tom estranho, meio fantasmagórico. E até o maravilhoso corpo feminino nessas estátuas e pinturas despertava em mim um sentimento confuso, que parecia completamente diferente da contemplação estético-amorosa que me era conhecida, aproximando-se daqueles pressentimentos vagos que me agitavam em um momento passado, na fronteira entre a infância e a juventude.

As estátuas das primeiras épocas eram monocromáticas, como as nossas, e as posteriores, de cores naturais. Isso não me surpreendeu. Sempre pensei que o desvio da realidade não pode ser um elemento imprescindível da arte; é até mesmo antiartístico quando diminui a riqueza da percepção, como a monocromia na escultura, que, nesse caso, não ajuda, mas atrapalha a idealização da vida que constitui a essência artística.

Nas estátuas e pinturas das épocas antigas, assim como na escultura de nossa Antiguidade, prevaleciam imagens de harmonia serena, livre de qualquer tensão. Nas épocas medievais, de transição, emerge outro caráter: impulso, paixão, aspiração conturbada, às vezes suavizada até o grau de uma fantasia errante, erótica ou religiosa, e que, às vezes, irrompe abruptamente na máxima tensão das forças da alma e do corpo em desequilíbrio. Na época socialista, o caráter principal muda de novo, é um movimento harmonioso, uma manifestação calma e confiante da força, uma ação alheia à dor do esforço, a aspiração livre da agitação, uma atividade viva repleta da consciência de sua união harmoniosa e de sua racionalidade inabalável.

Se a beleza feminina ideal da arte da Antiguidade expressava a possibilidade ilimitada do amor, e a beleza ideal da Idade Média e dos tempos da Renascença, a sede insaciável do amor,

ESTRELA VERMELHA

mística ou sensual, aqui, na beleza ideal desse outro mundo que caminhou adiante do nosso, estava expresso o próprio amor em sua autoconsciência tranquila e orgulhosa, o próprio amor: claro, iluminado e que tudo vence...

As obras artísticas hodiernas, assim como as antigas, caracterizam-se por uma simplicidade extrema e pela unidade de motivo. São representados seres humanos muito complexos, com um conteúdo vital rico e harmonioso, e ainda são escolhidos momentos da vida quando ela toda se concentra em um único sentimento ou aspiração... Os temas preferidos dos artistas mais recentes – o êxtase do pensamento criativo, o êxtase do amor, o êxtase do gozo da natureza, a tranquilidade da morte voluntária – são enredos que delineiam profundamente a essência da grande tribo que sabe viver com toda plenitude e intensidade, e morrer com consciência e dignidade.

A seção de pintura e escultura ocupava uma metade do museu, enquanto a outra era dedicada inteiramente à arquitetura. Como arquitetura, os marcianos entendem não só a estética das edificações e das grandes construções da engenharia, mas também a estética dos móveis, dos instrumentos, das máquinas, em geral, a estética de tudo o que é materialmente útil. Era possível julgar o enorme papel desempenhado pela arte em suas vidas com base na plenitude e na minúcia especiais que compunham aquela coleção. Das habitações primitivas em cavernas, com seus utensílios rústicos de decoração, até as luxuosas casas comunais de vidro e alumínio, com sua decoração interior feita pelos melhores artistas, até as fábricas gigantescas, com suas máquinas belas e ameaçadoras, até os grandiosos canais, com suas margens de granito e pontes pênseis: aqui eram representadas todas as formas típicas na qualidade de pinturas, desenhos, maquetes e, sobretudo, estereogramas em grandes estereoscópios, em que tudo era reproduzido com total ilusão de semelhança. Um lugar especial era destinado à estética dos jardins, campos e parques, e por mais inabitual que fosse para mim a natureza do planeta, muitas vezes, era compreensível a beleza daquelas combinações de cores e formas que foram criadas dessa natureza pelo gênio coletivo da tribo dos olhos grandes.

Nas obras das épocas anteriores, era muito frequente, assim como entre nós, que o requinte fosse alcançado em prejuízo da comodidade, que os ornamentos prejudicassem a durabilidade, que a arte cometesse violência contra o destino direto da utilidade dos objetos; meus olhos não captavam nada disso nas obras da época moderna: nem em seus móveis, nem em seus instrumentos, nem em suas construções. Perguntei a Enno se a arquitetura moderna admitia o desvio da perfeição funcional dos objetos em nome da beleza.

– Nunca – respondeu Enno –, seria uma falsa beleza, artificialidade e não arte.

No período pré-socialista, os marcianos erguiam monumentos a seus grandes indivíduos; agora, erguem monumentos apenas aos grandes acontecimentos, como a primeira tentativa de chegar à Terra, que terminou na morte dos pesquisadores, ou a eliminação de uma doença mortal epidêmica, ou a descoberta da decomposição e síntese de todos os elementos químicos. Uma série de monumentos era representada em estereogramas na seção dedicada a túmulos e templos (antigamente, os marcianos também tinham religiões). Um dos últimos monumentos aos grandes indivíduos era um àquele engenheiro sobre o qual Menny havia me falado. O artista soube representar com precisão a força da alma de uma pessoa que liderou vitoriosamente um exército de trabalhadores na luta com a natureza e que refutou com orgulho o tribunal covarde da moralidade sobre seus atos. Quando eu, tomado por uma reflexão involuntária, me detive diante do monumento panorâmico, Enno recitou em voz baixa alguns versos que representavam a essência da tragédia espiritual do herói.

– De quem são esses versos? – perguntei.

– Meus – respondeu Enno –, eu os escrevi a Menny.

Não pude julgar bem a beleza interior dos versos na língua que ainda me era estranha; mas, sem dúvida, seu pensamento era claro, o ritmo, muito harmonioso, e a rima, sonora e rica. Isso deu um novo rumo a meus pensamentos.

– Quer dizer que na poesia de vocês ainda florescem a métrica rígida e a rima?

ESTRELA VERMELHA

– Claro – disse Enno com um tom de surpresa. – Por acaso isso lhe parece feio?

– Não, de jeito nenhum – expliquei –, mas é que, entre nós, está difundida uma opinião de que essa forma foi gerada pelos gostos das classes dominantes de nossa sociedade, como expressão de sua lascívia e predileção pelas convenções, que acorrentam a liberdade da linguagem artística. Disso concluem que a poesia do futuro, a poesia da época do socialismo, deve renunciar a essas leis intimidadoras e esquecê-las.

– Isso é absolutamente injusto – retrucou Enno com veemência. – A correção rítmica nos parece bela não por predileção pelas convenções, mas porque harmoniza profundamente com a correção rítmica dos processos de nossa vida e consciência. E por acaso a rima, que finaliza uma série de variedades em acordes finais idênticos, não se encontra num parentesco profundo com aquela conexão vital entre as pessoas, que coroa sua variedade interior com a unidade do prazer no amor, com a unidade do objetivo racional no trabalho, com a unidade do estado de espírito na arte? Sem ritmo, não há forma artística como tal. Onde não há ritmo de sons, é preciso que haja, e ainda mais rigidamente, o ritmo das imagens, o ritmo das ideias... E se a rima é, de fato, de origem feudal, o mesmo pode ser dito de muitos outros bons e belos objetos.

– Mas a rima, de fato, não limita e dificulta a expressão da ideia poética?

– E o que tem? Afinal, essa limitação decorre do objetivo que o artista põe diante de si livremente. Ela não só dificulta, mas também aperfeiçoa a expressão da ideia poética, e esta é a única razão de sua existência. Quanto mais difícil o objetivo, mais difícil é o caminho até ele, e, por conseguinte, mais limitações há nesse caminho. Se você deseja construir um edifício bonito, quantas regras de técnica e harmonia vão determinar e, portanto, "limitar" seu trabalho! Você é livre para a escolha dos objetivos, e justamente esta é a única liberdade humana, mas se você deseja um objetivo, também deseja os meios necessários para alcançá-lo.

Fomos ao jardim para descansar da massa de impressões. Já era noite, uma noite de primavera clara e terna. As flores começaram a enrolar seus cálices e suas folhas, fechando-as para a noite;

101

era uma particularidade geral das plantas de Marte, decorrente de suas noites frias. Retomei a conversa.

– Diga, que gêneros da literatura de ficção predominam agora entre vocês?

– O drama, principalmente a tragédia, e a poesia inspirada na natureza – respondeu Enno.

– E qual o conteúdo da tragédia de vocês? Onde se encontra material para ela em sua coexistência feliz e pacífica?

– Feliz? Pacífica? De onde você tirou isso? Aqui reina a paz entre as pessoas, isso é verdade, mas não há nem pode haver paz na espontaneidade da natureza. Além disso, é um inimigo cuja própria derrota sempre traz uma nova ameaça. No último período de nossa história, aumentamos dezenas de vezes a exploração de nosso planeta, crescemos em número, e ainda mais rapidamente crescem nossas necessidades. O perigo do esgotamento das forças e dos recursos da natureza já surgiu muitas vezes diante de nós, ora em uma, ora em outra esfera do trabalho. Até agora, conseguimos superá-lo sem recorrer à odiosa redução da vida, de nós mesmos e dos descendentes; mas, neste exato momento, a luta adquire um caráter especialmente sério.

– Nunca pensei que com esse poder técnico e científico tais ameaças fossem possíveis. Você diz que isso já tinha acontecido em sua história?

– Há apenas setenta anos, quando haviam sido esgotadas as reservas de carvão mineral e a transição para a energia hidrelétrica ainda estava longe de ser resolvida, nós, a fim de realizarmos a enorme readaptação das máquinas, tivemos de exterminar uma parcela significativa das florestas do nosso planeta que nos eram caras, o que o desfigurou por dezenas de anos, piorando o clima. Depois, quando nos recuperamos dessa crise, há uns vinte anos, descobriu-se que o minério de ferro estava chegando ao fim. Iniciou-se apressadamente o estudo das ligas fortes de alumínio, e uma grande parcela das forças técnicas das quais dispúnhamos dirigiu-se para a extração elétrica do alumínio a partir do solo. Agora, pelos cálculos estatísticos, daqui a trinta anos nos ameaça a falta de alimentos, se até lá não for realizada a síntese das substâncias proteicas a partir dos elementos.

ESTRELA VERMELHA

– E os outros planetas? – retruquei. – E vocês não poderiam encontrar ali aquilo que supriria a escassez?

– Onde? Vênus, pelo visto, é ainda inacessível. A Terra? Ela tem a sua humanidade e, em geral, até agora não está claro quanto dos recursos poderíamos usar. Para viajar até lá, é preciso a cada vez um enorme dispêndio de energia; e os estoques da matéria irradiante necessária para isso, de acordo com Menny, que há pouco tempo me contou sobre suas últimas pesquisas, são muito ínfimos em nosso planeta. Não, as dificuldades são significativas em toda parte; e quanto mais estreitamente nossa humanidade cerrar fileiras para a conquista da natureza, mais estreitamente se cerram os elementos da natureza para se vingar das vitórias.

– Mas não seria suficiente, por exemplo, diminuir a natalidade para consertar a situação?

– Diminuir a natalidade? Mas aí seria, justamente, a vitória dos elementos da natureza. Seria uma recusa do crescimento ilimitado da vida, sua parada inevitável em um dos degraus mais baixos. Vencemos conquanto atacarmos. Se recusarmos o crescimento do nosso exército de pessoas, isso significaria estarmos sitiados pelos elementos da natureza. Então, enfraqueceria a fé na nossa força coletiva, em nossa grande vida em comunidade. Com essa fé, seria perdido também o sentido da vida de cada um de nós, porque, dentro de cada um de nós, pequenas células do grande organismo, vive o todo, e cada um vive esse todo. Não, diminuir a natalidade é a última coisa que decidiríamos; e quando isso acontecer contra nossa vontade, será o início do fim.

– Tudo bem, eu entendo que a tragédia do todo existe sempre para vocês, ao menos, como uma possibilidade ameaçadora. Mas, enquanto a vitória permanece com a humanidade, o indivíduo é bastante protegido dessa tragédia pela coletividade; mesmo quando se instala o perigo direto, os esforços gigantescos e os sofrimentos da luta intensa são distribuídos de modo tão uniforme entre os incontáveis indivíduos que não podem perturbar seriamente sua felicidade tranquila. E, para a felicidade, ao que parece, vocês têm tudo de que precisam.

– Felicidade tranquila! Como poderia um indivíduo não sentir com força e profundidade os abalos da vida do todo, na

103

qual começa e termina? Por acaso as grandes contradições da vida não surgem a partir da própria limitação de um ser isolado em comparação com seu todo, a partir da própria impossibilidade de fundir-se por completo com esse todo, de se dissolver por completo nele e de abarcá-lo com sua consciência? Você não entende essas contradições? É porque estão ofuscadas no seu mundo por outras, mais imediatas e grosseiras. A luta de classes, de grupos, de indivíduos tira de vocês a ideia do todo e, com ela, a felicidade e os sofrimentos que ela traz. Eu vi o mundo de vocês; eu não poderia suportar nem um décimo daquela loucura no meio da qual vivem seus irmãos. Mas é justamente por isso que eu não poderia decidir quem entre nós está mais perto da felicidade tranquila: quanto mais ordenada e harmoniosa for a vida, tanto mais dolorosas serão suas inevitáveis dissonâncias.

– Mas diga, Enno, você não é uma pessoa feliz? Você tem sua juventude, ciência, poesia e, provavelmente, amor... O que você poderia ter experimentado de tão drástico para falar com tanta veemência sobre a tragédia da vida?

– Isso é muito oportuno – riu Enno, e seu riso soou estranho. – Você não sabe que o alegre Enno, certa vez, já decidiu morrer. E se Menny demorasse só um dia a mais para escrever seis palavras que desarranjaram todos os cálculos – "não gostaria de ir à Terra?" –, você não teria seu alegre companheiro. Mas agora eu não saberia explicar tudo isso. Você mesmo verá depois que, se nós temos felicidade, ela é qualquer coisa menos aquela felicidade pacífica e tranquila sobre a qual você estava falando.

Não ousei prosseguir com as perguntas. Levantamo-nos e voltamos ao museu. Contudo, eu não pude mais admirar as coleções de modo sistemático: minha atenção estava dispersa e os pensamentos, fugidios. Parei na seção de escultura, diante de uma das estátuas mais novas, que retratava um belo menino. Os traços de seu rosto lembravam os de Netty; o que mais me impressionou, porém, foi a arte com a qual o artista soube encarnar no corpo que ainda não se formara, nas feições inacabadas, nos olhos ansiosos da criança que miravam, inquisidores, o nascimento da genialidade. Fiquei por muito tempo imóvel diante da estátua, e tudo o mais acabou por esvanecer de minha consciência, até que a voz de Enno veio me despertar.

– Este é você – disse ele, apontando para o menino –, este é o mundo de vocês. Será um mundo maravilhoso, mas ele ainda está em sua infância; e veja que sonhos vagos, que imagens inquietantes agitam sua consciência... Ele está meio adormecido, mas vai acordar, eu sinto, eu acredito piamente nisso!

Ao sentimento de alegria que essas palavras despertaram em mim, misturou-se um estranho pesar: "Por que não foi Netty que disse isso?!".

5. No hospital

Voltei para a casa exaurido, e depois de duas noites sem sono e um dia inteiro de completa incapacidade para o trabalho, decidi fazer nova visita a Netty, uma vez que não desejava me consultar com o médico desconhecido da cidade química. Netty trabalhava desde a manhã no hospital; e foi lá que o encontrei recebendo os pacientes que chegavam.

Quando Netty me viu na sala de espera, logo veio até mim, olhou atento para meu rosto, pegou-me pela mão e me levou a uma pequena sala destacada, onde à luz azul suave misturava-se um aroma leve e agradável de um perfume desconhecido. E o silêncio não era perturbado por nada. Ele me fez sentar confortavelmente em uma poltrona funda e disse:

– Não pense em nada, não se preocupe com nada. Hoje tudo isso fica a meu encargo. Descanse, que virei mais tarde.

Ele saiu, e eu não pensava em nada, não me preocupava com nada, pois todos os pensamentos e as preocupações ficaram a seu encargo. Era muito agradável e, em alguns minutos, caí no sono. Quando despertei, Netty estava novamente diante de mim e me fitava com um sorriso.

– Agora você está melhor? – perguntou ele.

– Sinto-me totalmente saudável, e você é um médico genial – respondi. – Vá até seus pacientes e não se preocupe comigo.

– Por hoje, meu trabalho acabou. Se quiser, posso lhe mostrar nosso hospital – sugeriu Netty.

ALEKSANDR BOGDÁNOV

Isso me interessava muito, e nós nos dirigimos em uma excursão por todo o vasto e belo prédio.

A maioria dos pacientes estava ali por motivos cirúrgicos ou psiquiátricos. Grande parte dos pacientes cirúrgicos era de vítimas de acidentes com máquinas.

– Por acaso, em suas plantas e fábricas, faltam grades de proteção? – perguntei a Netty.

– Grades de proteção absoluta, com as quais os acidentes seriam impossíveis, quase não existem. Mas aqui estão reunidos pacientes de um bairro com população acima de 2 milhões de pessoas: para um bairro assim, algumas dezenas de vítimas não é muito. Na maioria das vezes, são novatos ainda não familiarizados com a disposição das máquinas nas quais trabalham: todos nós gostamos de transitar de um setor de produção a outro. Os especialistas, os cientistas e os artistas são as vítimas mais fáceis da dispersão: a atenção costuma lhes trair, ficam pensativos ou se perdem na contemplação.

– E quanto aos doentes psiquiátricos, isso ocorre, é claro, principalmente por causa da exaustão?

– Sim, existem muitos. Mas também não são poucas as doenças causadas pelas inquietações e crises da vida sexual, e até mesmo por outros abalos psíquicos, por exemplo, pela morte de entes queridos.

– E aqui há doentes mentais com consciência obscurecida ou emaranhada?

– Não, aqui não há nenhum; a eles são reservadas clínicas separadas. Aí são necessários aparelhos especiais para os casos em que o paciente possa causar dano a si mesmo ou aos outros.

– Nesses casos, vocês também recorrem ao uso da violência contra os pacientes?

– Na medida em que for absolutamente necessário, é evidente.

– Já é a segunda vez que deparo com a violência no mundo de vocês. A primeira foi na Casa das Crianças. Diga, então, vocês não conseguiram eliminar por completo esses elementos de sua vida, são forçados a admiti-los conscientemente?

– Sim, tal como admitimos a doença e a morte, ou talvez seja como um remédio amargo. Que criatura racional abandonaria a violência, por exemplo, em uma situação de autodefesa?

– Sabe, para mim, isso reduz consideravelmente o abismo entre nossos mundos.

– A principal diferença entre eles, enfim, de forma alguma está no fato de vocês terem muita violência e coerção, e nós pouca. A principal diferença está no fato de que, no mundo de vocês, uma e outra são revestidas por leis internas e externas, em normas do direito e da moral, as quais reinam sobre as pessoas e pesam sobre elas. Já entre nós, a violência existe ou como a manifestação de uma doença, ou como um ato racional de um ser racional. Em ambos os casos, nem dela nem para ela são criadas quaisquer leis e normas sociais, quaisquer mandamentos pessoais ou impessoais.

– Mas vocês têm regras estabelecidas, de acordo com as quais limitam a liberdade de seus doentes mentais ou de suas crianças?

– Sim, regras puramente científicas de enfermagem ou pedagógicas. Mas, é claro, essas regras técnicas estão longe de prever todos os casos em que a violência é necessária, tampouco todos os meios de sua aplicação ou seu grau: tudo isso depende de um conjunto de condições reais ou efetivas.

– Mas, se for assim, não podem ocorrer verdadeiras arbitrariedades por parte dos educadores e daqueles que cuidam dos doentes?

– O que quer dizer essa palavra, "arbitrariedades"? Se designa uma violência desnecessária, excessiva, ela apenas pode vir de uma pessoa doente, que deve estar ela mesma sujeita a tratamento. Já uma pessoa racional e consciente, é claro, não é capaz disso.

Passamos pelos quartos dos doentes, pelas salas de cirurgia, de remédios, os apartamentos daqueles que cuidam dos pacientes, e, ao chegar ao andar superior, adentramos um salão grande e bonito, de cujas paredes transparentes se abria a vista de um lago, um bosque e montanhas ao longe. O quarto era decorado com estátuas de alto valor artístico, e a mobília era luxuosa e refinada.

– Esta é a sala dos que estão morrendo – disse Netty.

– Vocês trazem para cá todos os que estão morrendo? – perguntei.

– Sim, ou eles mesmos vêm para cá – respondeu Netty.

– Mas aqueles que estão morrendo podem vir por conta própria? – me surpreendi.

– Aqueles que estão fisicamente saudáveis podem, é claro. Entendi que se tratava de suicidas.

– Vocês oferecem este quarto aos suicidas para que efetivem o ato?

– Sim, e todos os meios para uma morte tranquila e sem dor.

– E isso sem nenhum obstáculo?

– Se a consciência do paciente estiver clara e sua vontade for firme, que obstáculos poderia haver? O médico, é claro, oferece ao paciente uma consulta. Alguns concordam, outros não.

– E os suicídios são muito frequentes entre vocês?

– Sim, principalmente entre os idosos. Quando o sentimento de vida enfraquece e se torna menos agudo, muitos preferem não esperar pelo fim natural.

– Mas vocês também têm de lidar com o suicídio dos jovens, cheios de força e saúde?

– Sim, isso também acontece, mas é raro. Até onde posso lembrar, nesta clínica, só tivemos dois casos assim; no terceiro caso, conseguimos deter a tentativa.

– Mas quem eram esses infelizes, e o que os levou à morte?

– O primeiro foi um professor meu, médico reconhecido, que trouxe à ciência muitas novidades. Ele tinha uma capacidade extremamente desenvolvida de sentir o sofrimento das outras pessoas. Isso dirigiu sua mente e sua energia para o lado da medicina, mas também o arruinou. Ele não suportou. Escondia de todos tão bem seu estado mental que a catástrofe ocorreu de modo absolutamente inesperado. Aconteceu após uma forte epidemia surgida dos trabalhos de drenagem de uma baía marítima, causada pela decomposição de várias centenas de milhões de quilos de peixes mortos no processo. A doença foi tão cruel quanto a cólera de vocês, porém, muito mais perigosa: a cada dez casos, nove terminavam em morte. Em consequência dessa baixa possibilidade de recuperação, os médicos nem puderam cumprir os pedidos de seus pacientes por uma morte rápida e fácil: afinal, não se pode considerar suficientemente consciente uma pessoa em estado febril agudo. O trabalho do meu professor durante a epidemia foi insano, e suas pesquisas ajudaram a acabar com ela muito rapidamente. Mas, quando estava terminado, ele desistiu de viver.

ESTRELA VERMELHA

– Quantos anos ele tinha então?

– Na contagem de vocês, em torno de cinquenta. Para nós, é uma idade bastante jovem.

– E o outro caso?

– Foi o caso de uma mulher que perdeu o marido e o filho de uma só vez.

– E, por fim, o terceiro caso?

– O único que pode lhe contar sobre isso é o próprio camarada que o viveu.

– Certo – eu disse. – Mas me explique mais uma coisa: por que para vocês, marcianos, a juventude se conserva por tanto tempo? Seria uma particularidade da raça de vocês ou o resultado de melhores condições de vida ou outro motivo?

– A raça não tem nada a ver com isso: há uns duzentos anos, éramos duas vezes menos longevos. Melhores condições de vida? Sim, em grande medida foi justamente isso. Mas não só. O que desempenha o papel principal é a *renovação* da vida que aplicamos.

– Mas o que é isso?

– A coisa é, em essência, muito simples, mas é provável que lhe pareça estranha. Entretanto, na ciência de vocês já existem todos os conhecimentos para esse método. Você sabe que a natureza, para aumentar a viabilidade de sobrevivência das células ou dos organismos, o tempo todo completa um indivíduo com outro. Para esse objetivo, as criaturas unicelulares, quando sua viabilidade diminui num ambiente monótono, fundem-se duas em uma, e é apenas por esse meio que se restabelece em plena medida sua capacidade de reprodução: a "imortalidade" de seu protoplasma. O mesmo sentido possui o cruzamento sexual de plantas e animais superiores: aqui também se unem os elementos vitais de dois seres distintos, para que se obtenha o embrião mais perfeito de um terceiro. Por fim, vocês já conhecem a aplicação do soro sanguíneo para transmissão dos elementos de vitalidade de um ser para outro, por exemplo, na forma do aumento da resistência a uma ou outra doença. Já nós vamos além, e empregamos *a troca de sangue* entre dois seres humanos, dos quais cada um pode passar a outro uma série de condições para a elevação da vitalidade. Trata-se de uma simples transfusão mútua de sangue,

109

de uma pessoa a outra e de volta, por meio de uma dupla conexão de seus vasos sanguíneos com os aparelhos correspondentes. Se todas as precauções forem observadas, é totalmente seguro; o sangue de uma pessoa continua a viver no organismo da outra, misturando-se ali, com seu sangue, e trazendo uma profunda renovação a todos os seus tecidos.

– E com isso é possível devolver a juventude aos idosos, influindo sangue juvenil em suas veias?

– Em parte, sim, mas não por inteiro, é claro, porque o sangue não é tudo no organismo, mas, por sua vez, é por ele processado. Assim, por exemplo, uma pessoa jovem não envelhece por causa do sangue de um idoso, tudo o que há nele de fraco e velho é superado com rapidez pelo jovem organismo, mas dele se absorve muito daquilo que falta a esse organismo; e a energia e a flexibilidade de suas funções vitais também aumentam.

– Mas se é assim tão simples, por que nossa medicina terráquea até agora não se utiliza desse meio? Afinal, ela já conhece a transfusão de sangue há algumas centenas de anos, salvo engano.

– Não sei, talvez existam condições orgânicas entre vocês que privem esse método de sua importância. Ou talvez seja um simples resultado da psicologia do individualismo que reina entre vocês e que separa tão profundamente uma pessoa da outra, o que faz da ideia de uma fusão vital entre elas para os cientistas de vocês algo quase inacessível. Além disso, estão difundidas entre vocês muitas doenças que envenenam o sangue, doenças as quais os próprios doentes não raro desconhecem ou às vezes simplesmente escondem. A transfusão de sangue praticada na medicina de vocês – agora, muito raramente – possui certo caráter filantrópico: aquele que tem muito dá a outro que tem uma necessidade aguda, em decorrência, por exemplo, do sangramento grande de uma ferida. Isso também acontece aqui, é claro; mas sempre praticamos algo diferente, aquilo que corresponde a toda nossa organização: uma troca de vida camarada não só na existência ideológica, mas também na fisiológica...

ESTRELA VERMELHA

6. O trabalho e os fantasmas

As impressões dos primeiros dias, que em uma corrente tempestuosa inundaram minha consciência, deram-me ideia do enorme tamanho do trabalho que tinha pela frente. Era preciso, antes de mais nada, *compreender* esse mundo, incomensuravelmente mais rico e peculiar em sua harmonia de vida. Era preciso, depois, *entrar* nele não na qualidade de um espécime de museu, mas de uma pessoa entre pessoas, um trabalhador entre trabalhadores. Só então minha missão poderia ser cumprida. Só então eu poderia servir de início para uma conexão efetivamente mútua entre os dois mundos, em cuja fronteira encontrava-me eu, um socialista, como momento infinitamente pequeno do presente entre o passado e o futuro.

Quando fui embora do hospital, Netty me disse: "Não se apresse!". Pareceu-me que ele não tinha razão. Eu justamente precisava apressar-me, era preciso pôr em marcha todas as minhas forças, toda minha energia, porque a responsabilidade era terrivelmente grande! Que grande benefício à nossa velha e sofrida humanidade, que gigantesca aceleração de seu desenvolvimento, do caminho para o auge deveria trazer essa influência viva, enérgica, de uma cultura superior poderosa e harmoniosa! E cada momento de retardo em meu trabalho poderia atrasar essa influência… Não, não havia tempo para esperar, para descansar.

E eu trabalhei com afinco. Familiarizei-me com a ciência e a técnica do novo mundo, observei intensamente sua vida social, estudei sua literatura. Sim, havia aqui muitas dificuldades.

Seus métodos científicos me intrigavam: eu os assimilava mecanicamente, me convencia pela experiência de que sua aplicação era fácil, simples e infalível, e entretanto não os entendia, não entendia por que eles levavam ao objetivo, onde estava sua ligação com os fenômenos vivos, qual era sua essência. Eu era exatamente como aqueles velhos matemáticos do século XVII, cujo pensamento imóvel não podia assimilar de maneira orgânica a dinâmica viva das grandezas infinitamente pequenas. As assembleias públicas dos marcianos me surpreendiam por seu caráter tenso e prático. Fossem elas dedicadas a questões da

111

ciência, ou a questões da organização dos trabalhos, ou mesmo às questões da arte – seus discursos e palestras eram extremamente concisos e breves, os argumentos definidos e precisos, ninguém nunca se repetia nem repetia os outros. As decisões das assembleias, quase sempre unânimes, eram cumpridas com uma velocidade fabulosa. Bastava a assembleia de cientistas de uma especialidade decidir que era preciso organizar uma instituição científica; bastava a assembleia dos estatísticos do trabalho decidir que era preciso organizar uma empresa; bastava a assembleia dos moradores da cidade decidir que era preciso decorar algum edifício, e imediatamente surgiam os novos números do trabalho necessário, publicados pelo escritório central, chegavam pelo ar centenas e milhares de novos trabalhadores e, dentro de alguns dias ou semanas, tudo já estava feito; e os novos trabalhadores desapareciam não se sabe para onde. Tudo isso causava em mim a impressão de uma espécie de magia, uma magia estranha, tranquila e fria, sem fórmulas encantatórias nem adornos místicos, e por isso mesmo ainda mais misteriosa em sua potência sobre-humana.

A literatura do novo mundo, ainda que puramente ficcional, não era para mim nem descanso nem conforto. Suas imagens pareciam simples e claras, mas de alguma forma eram internamente alheias a mim. Eu queria penetrar mais fundo nelas, torná-las próximas e compreensíveis, mas meus esforços me levavam a um resultado totalmente inesperado: as imagens se tornavam fantasmagóricas e se revestiam de uma névoa.

Quando ia ao teatro, de novo me perseguia aquela sensação do incompreensível. Os enredos eram simples, a interpretação, magnífica, mas a vida permanecia distante. As falas das personagens eram tão contidas e suaves, seu comportamento tão tranquilo e cuidadoso, os sentimentos tão pouco destacados, como se não quisessem impor ao espectador nenhum tipo de emoção, como se todos fossem filósofos e, ainda mais, fortemente idealizados, ao que me parecia. Somente as peças históricas do passado distante me causavam impressões mais ou menos conhecidas, e a interpretação dos atores era tão enérgica e as expressões dos sentimentos pessoais tão sinceras quanto as que estava acostumado a ver em nossos teatros.

ESTRELA VERMELHA

Havia uma circunstância que, apesar de tudo, me atraía ao teatro de nossa pequena cidade com uma força especial. Tratava-se, precisamente, do fato de não haver atores. As peças que eu via ali ou eram transmitidas a partir das grandes e distantes cidades por aparelhos óticos e acústicos, ou até – e é o que ocorria com mais frequência – reproduziam a interpretação que acontecera faz tempo, às vezes há tanto que os próprios atores já haviam morrido. Os marcianos, que conheciam os meios da fotografia instantânea em cores naturais, usavam-na para capturar a vida em movimento, da mesma maneira que se faz com nossos cinematógrafos. Contudo, não apenas juntavam cinematógrafo com fonógrafo, como começaram a fazer na Terra – de maneira, por enquanto, bastante desastrosa –, mas usavam o princípio do estereoscópio para produzir a imagem do cinematógrafo em três dimensões. Na tela, apareciam, simultaneamente, duas imagens: duas metades de um estereograma e, diante de cada poltrona da sala dos espectadores, fixava-se um binóculo estereoscópico, que fundia as duas imagens planas em uma, com todas as três dimensões. Era estranho ver de modo claro e nítido as pessoas vivas, que se movimentam, agem, expressam seus pensamentos e sentimentos, e ao mesmo tempo compreender que ali não havia nada, a não ser um disco fosco e, atrás dele, um fonógrafo e uma lâmpada elétrica com um mecanismo de relógio. Era quase misticamente estranho e gerava uma dúvida vaga sobre toda a realidade.

Nada disso, no entanto, facilitava a realização de minha tarefa: compreender um mundo estranho. É claro que eu precisava de ajuda externa. Mas eu me dirigia a Menny cada vez menos para pedir instruções e explicações. Era constrangedor demonstrar minhas dificuldades em toda sua extensão. Além disso, a atenção de Menny, naquela época, estava muito ocupada com uma pesquisa importante na área de extração da "matéria-menos". Ele trabalhava incansavelmente, muitas vezes não dormia noites inteiras, e eu não queria atrapalhá-lo ou distraí-lo; sua paixão pelo trabalho era como um exemplo vivo que involuntariamente me incentivava a ir mais longe em meus esforços.

Os outros amigos, enquanto isso, haviam desaparecido temporariamente de meu horizonte. Netty viajara a vários milhares de quilômetros de distância para dirigir a instalação e a organização de um novo hospital gigantesco no outro hemisfério do planeta. Enno estava ocupado como ajudante de Sterny em seu observatório, realizando medições e cálculos necessários para novas expedições à Terra e a Vênus, e ainda em expedições à Lua e a Mercúrio a fim de melhor fotografá-los e trazer amostras de seus minerais. Não me aproximei de outros marcianos, tendo me limitado a interrogações necessárias e conversas práticas: era difícil e estranho me aproximar de seres alheios e superiores a mim.

Com o passar do tempo, começou a me parecer que meu trabalho, em essência, não ia nada mal. Eu precisava de cada vez menos descanso e até de sono. Aquilo que eu estudava começou a caber em minha cabeça de uma forma mecanicamente leve e livre, e, com isso, a sensação era de que a cabeça estava totalmente vazia e ainda podia caber nela muita, muita coisa. É verdade que, quando eu tentava, por um velho hábito, formular com precisão para mim mesmo aquilo que ia descobrindo, em grande parte eu não tinha êxito; no entanto, eu não dava importância a isso e achava que me faltavam apenas expressões para algumas particularidades e detalhes, enquanto o conceito geral eu tinha, e isso era o principal.

Meus estudos já não me traziam nenhum prazer vivo; nada despertava mais em mim o interesse imediato de antigamente.

– Bem, isso é bastante compreensível – eu pensava –, depois do que descobri e vi, é difícil me surpreender com alguma coisa; o ponto não é ter algo que me agrade, e sim dominar tudo o que é preciso.

Só uma coisa eu não entendia: tornava-se cada vez mais difícil concentrar a atenção em um objeto. Os pensamentos sempre se distraíam ora para um lado ora para outro; recordações vívidas, às vezes muito inesperadas e longínquas, emergiam em minha consciência e me faziam esquecer daquilo que estava a meu redor, tirando-me minutos preciosos. Eu notava isso, restabelecia-me e com renovada energia me punha a trabalhar; mas, passado pouco tempo, de novo as imagens voláteis do passado ou as fantasias dominavam meu cérebro, e de novo era preciso reprimi-las com um esforço brusco.

ESTRELA VERMELHA

Perturbava-me cada vez mais uma sensação estranha e inquietante de que havia algo importante e urgente que eu não cumprira e sobre o que esquecia e tentava me lembrar. Depois dessa sensação, elevava-se um enxame inteiro de rostos conhecidos e acontecimentos passados que me levava em um fluxo irresistível cada vez mais para trás, através da juventude e da adolescência até a mais tenra infância, perdendo-se em algumas sensações vagas e confusas. Depois disso, minha dispersão se tornava especialmente forte e persistente.

Obedecendo à resistência interior que me impedia de concentrar-me por muito tempo em alguma coisa, comecei a passar cada vez mais rápido de um objeto a outro e, para isso, reuni propositalmente em meu quarto pilhas inteiras de livros, abertos de antemão no lugar certo, tabelas, mapas, estenogramas, fonogramas etc. Dessa forma, eu esperava eliminar a perda de tempo, mas a dispersão esgueirava-se até mim de maneira cada vez menos perceptível, e eu me pegava olhando longamente para um mesmo ponto, sem entender nem fazer nada.

Em compensação, quando eu me deitava na cama e olhava através do telhado de vidro para o céu escuro, o pensamento começava a trabalhar por vontade própria com uma vivacidade e energia incríveis. Páginas inteiras de números e fórmulas surgiam diante de minha visão interior com tanta clareza que eu podia relê-las linha por linha. Mas essas imagens logo desapareciam, dando lugar a outras; então, minha consciência se transformava em uma espécie de panorama de pinturas surpreendentemente vivas e nítidas, que já não tinham nada em comum com meus estudos e minhas preocupações: as paisagens terrestres, cenas teatrais, imagens de contos infantis, como num espelho, refletiam-se tranquilamente em minha alma e desapareciam e se alternavam, sem causar nenhuma preocupação, mas apenas uma leve sensação de interesse ou curiosidade, não desprovida de um matiz de prazer bem suave. Essas reflexões, de início, se passavam no interior de minha consciência, sem se misturar com o ambiente ao redor, depois, substituíam-no, e eu mergulhava num sono repleto de sonhos vívidos e complexos, que era interrompido com muita facilidade e não me dava aquilo que eu mais desejava: a sensação de descanso.

115

ALEKSANDR BOGDÁNOV

Um ruído nos ouvidos já me incomodava havia muito tempo, e agora ele se tornava cada vez mais constante e forte, a ponto de, às vezes, me impedir de ouvir os fonogramas e levar embora os restos de sono à noite. De tempos em tempos, sobressaíam dele vozes humanas, conhecidas e desconhecidas; às vezes, parecia que estavam me chamando pelo nome, às vezes, que eu ouvia uma conversa cujas palavras não conseguia distinguir em razão do ruído. Comecei a entender que já não estava totalmente saudável, ainda mais porque a dispersão me dominou por completo, e eu não podia nem mesmo ler algumas linhas seguidas.

– É claro que isso é apenas estafa – eu pensava. – Só tenho de descansar mais; devo ter trabalhado em excesso. Mas é preciso que Menny não perceba o que está se passando comigo: algo muito semelhante a um fracasso já nos primeiros passos de minha missão.

E quando Menny entrava em meu quarto – o que, é verdade, não acontecia com muita frequência –, eu fingia que estava trabalhando com zelo. Então, ele me dizia que eu estava trabalhando em excesso e que corria o risco de me estafar.

– Hoje, especialmente, você está com uma aparência doentia – ele disse. – Veja no espelho como seus olhos estão brilhando e como você está pálido. Você precisa descansar, isso vai ser melhor para você no futuro.

Eu mesmo queria muito isso, mas não conseguia. É verdade que eu não fazia quase nada, mas qualquer esforço já me cansava, mesmo o mais ínfimo; e o fluxo turbulento de imagens, lembranças e fantasias vivas não cessava nem de dia nem de noite. O ambiente circundante parecia empalidecer e se perder atrás delas, fazendo-as adquirir um matiz fantasmagórico.

Tive, finalmente, de me resignar. Entendi que a letargia e a apatia dominavam cada vez mais minha força de vontade, e eu cada vez menos podia lutar contra meu estado. Uma manhã, quando me levantei da cama, minha vista obscureceu-se de vez. Passou rápido, porém, e eu me aproximei da janela para olhar as árvores do parque. De repente, senti que alguém me observava. Virei-me para trás e diante de mim estava Anna Nikoláievna. Seu rosto era pálido e triste, e o olhar, repleto de reprovação. Isso me deixou aflito, e eu, sem sequer pensar na estranheza de sua aparição, dei um passo em sua direção e quis lhe dizer algo. Mas ela desapareceu como se tivesse se desmanchado no ar.

Desse momento em diante, deu-se início uma orgia de fantasmas. De muita coisa, é claro, não me lembro, e, ao que parece, a consciência muitas vezes se enredava na realidade como em um sonho. Pessoas das mais diferentes, com as quais eu já havia encontrado em minha vida ou mesmo totalmente desconhecidas, iam e vinham ou surgiam e desapareciam. Mas entre elas não havia marcianos, todas eram terráqueas, em grande parte pessoas que eu não via há muito tempo: velhos amigos de escola, meu irmão caçula que morreu ainda na infância. Certa vez, pela janela, vi sentado no banco um espião conhecido, que, com um sorriso malicioso, me encarava com olhos predadores e fugidios. Os fantasmas não conversavam comigo e, à noite, quando eu estava em silêncio, as alucinações auditivas continuavam e se intensificavam, transformando-se em conversas inteiras e coerentes, mas absurdamente vazias, principalmente entre pessoas que me eram desconhecidas: ora era um passageiro que barganhava com o cocheiro, ora um balconista que convencia o cliente a lhe comprar o tecido, ora era o auditório da universidade repleto de barulho, com o supervisor tentando convencer todos a acalmarem-se, porque logo viria o senhor professor. As alucinações visuais ao menos eram interessantes, e me perturbavam muito menos e mais raramente.

Depois da aparição de Anna Nikoláievna, eu, evidentemente, contei tudo a Menny. Ele me colocou na cama de imediato, chamou o médico mais próximo e telefonou para Netty, a 6 mil quilômetros dali. O médico falou que não se atrevia a empreender qualquer coisa, pois não conhecia o suficiente o organismo de um terráqueo, mas que, em todo caso, o principal, para mim, era a tranquilidade e o descanso, e por isso não seria arriscado esperar alguns dias até que Netty chegasse.

Netty apareceu no terceiro dia, tendo passado todo seu trabalho a outra pessoa. Ao ver meu estado, olhou para Menny com triste reprovação.

7. Netty

Apesar do tratamento de um médico como Netty, a doença continuou por mais algumas semanas. Eu estava deitado na cama, calmo e apático, observando com a mesma indiferença a realidade e os fantasmas; até mesmo a presença constante de Netty me dava um prazer apenas muito fraco, quase imperceptível.

É estranho lembrar minha atitude naquela época em relação às alucinações: embora tenha precisado me convencer dezenas de vezes de sua irrealidade, a cada vez que surgiam era como se eu me esquecesse disso; mesmo quando minha consciência não se obnubilava e não se emaranhava, eu as tomava por pessoas e coisas reais. A compreensão de sua natureza fantasmagórica só surgia após seu desaparecimento ou imediatamente antes dele.

Os principais esforços de Netty para o tratamento voltavam-se a me fazer dormir e descansar. Mesmo ele não ousou, todavia, usar quaisquer remédios, temendo que pudessem resultar num veneno para o organismo terráqueo. Por alguns dias não conseguia me fazer dormir com seus métodos habituais: as imagens alucinatórias invadiam o processo de sugestão e arruinavam sua ação. Finalmente, obteve sucesso e, quando acordei, depois de duas ou três horas de sono, me disse:

– Agora sua recuperação é certa, embora a doença ainda vá seguir seu caminho por bastante tempo.

E ela, de fato, seguia seu caminho. As alucinações começaram a rarear, mas não eram menos vivas e claras, até se tornaram algo mais complexas: às vezes, as visitas fantasmagóricas travavam conversa comigo.

Mas, dessas conversas, apenas uma tinha sentido e importância para mim. Isso aconteceu no fim da doença.

Ao acordar de manhã, vi perto de mim, como de costume, Netty e, atrás de sua poltrona, em pé, meu velho camarada de revolução, um homem idoso e zombeteiro muito cruel, o agitador Ibrahim. Parecia esperar por algo. Quando Netty foi ao cômodo ao lado preparar a banheira, Ibrahim disse, grosseiro e resoluto:

ESTRELA VERMELHA

– Você é um bobo! Está comendo mosca por quê? Por acaso não está vendo o que seu médico é?

De alguma forma, não me surpreendi com a alusão contida nessas palavras, tampouco seu tom cínico me perturbou; era familiar para mim e muito típico de Ibrahim. Mas me lembrei do aperto de ferro da pequena mão de Netty e não acreditei em Ibrahim.

– Tanto pior para você! – disse ele com um sorriso um tanto desdenhoso, e na mesma hora sumiu.

No quarto, entrou Netty. Ao vê-lo, senti um estranho embaraço. Ele me fitou com atenção.

– Isso é bom – ele disse. – Sua recuperação caminha a passos largos.

O dia todo, depois disso, ele estava de alguma forma especialmente quieto e pensativo. No dia seguinte, certificando-se de que eu me sentia bem e as alucinações não se repetiam, viajou para resolver assuntos seus até de noite e deixou outro médico em seu lugar. Depois disso, durante toda uma sequência de dias, vinha apenas à noite, para me fazer dormir. Só então ficou claro para mim o quanto sua presença me era importante e agradável. Junto com as ondas de saúde, que pareciam fluir de toda a natureza circundante em direção a meu organismo, começaram a vir com cada vez mais frequência as reflexões sobre a alusão de Ibrahim. Eu hesitava e tentava me convencer de que era um absurdo originado pela doença: por que Netty e meus outros amigos teriam de me enganar em relação a isso? Entretanto, uma vaga dúvida permanecia, e ela me era agradável.

Às vezes, eu interrogava Netty sobre o que lhe ocupava agora. Ele me explicou que estava acontecendo uma série de reuniões relacionadas à organização das novas expedições a outros planetas, e ali ele era necessário como especialista. Menny dirigia essas reuniões; mas nem Netty nem ele pretendiam viajar em breve, o que me deixou muito feliz.

– E você mesmo não pensa em viajar para casa? – perguntou-me Netty, e no tom de sua voz notei a inquietação.

– Mas eu ainda não tive tempo de fazer nada – respondi.

O rosto de Netty iluminou-se.

– Você está enganado, já fez muita coisa... inclusive com essa resposta – disse ele.

Senti nisso uma alusão a algo que eu desconhecia, mas que dizia respeito a mim.

– Será que eu não poderia ir com você a uma dessas reuniões? – perguntei.

– De jeito nenhum – disse Netty resoluto. – Além do descanso incondicional do qual necessita, terá de evitar por vários meses tudo aquilo que tiver relação estreita com o início de sua doença.

Não discuti. Era-me tão agradável descansar; e meu dever diante da humanidade se afastara para um lugar distante. Inquietavam-me apenas os estranhos pensamentos sobre Netty, que se tornavam cada vez mais recorrentes.

Certa vez, à noite, eu estava na janela e contemplava o "verde" vermelho do parque que escurecia misterioso lá embaixo; ele me pareceu belo, e não havia nada de estranho em meu coração. Ouviu-se uma leve batida na porta: logo senti que era Netty. Ele entrou com seu passo rápido, ligeiro, e sorrindo me estendeu a mão: um antigo cumprimento terráqueo do qual ele gostava. Apertei suas mãos com tanta energia que mesmo seus dedos fortes devem ter sofrido.

– Bom, vejo que meu papel de médico está cumprido – disse ele, rindo. – Entretanto, ainda devo lhe fazer mais perguntas para ter plena certeza disso.

Ele me fazia perguntas, mas eu lhe respondia disparates, tomado por uma timidez incompreensível, e lia um sorriso oculto no fundo de seus grandes, grandes olhos. Finalmente, não aguentei:

– Explique-me, de onde vem minha atração tão forte por você? Por que sinto uma alegria tão incomum ao vê-lo?

– O mais provável, acho, é porque tratei de você e, inconscientemente, você transfere para mim a alegria da recuperação. Ou talvez... possa ser outra coisa... É porque eu sou... uma mulher...

Um relâmpago brilhou diante de meus olhos, tudo ao redor escureceu e parecia que o coração tinha parado de bater... Em um segundo, feito um louco, eu apertava Netty em meus braços e beijava suas mãos, seu rosto, seus grandes olhos profundos, verde-azulados como o céu de seu planeta.

Netty sucumbiu com simplicidade e condescendência a meus impulsos desenfreados... Quando despertei de minha alegre loucura e novamente beijei suas mãos com lágrimas involuntárias de gratidão nos olhos – era, é claro, uma fraqueza devida à doença que acabara de sofrer –, Netty disse com seu sorriso doce:

– Sim, me pareceu agora que senti todo seu jovem mundo em meus braços. Seu despotismo, seu egoísmo, seu anseio desesperado pela felicidade: tudo isso estava em suas carícias. Seu amor é semelhante a um assassinato... Mas... eu amo você, Lenny...

Era a felicidade.

PARTE III

1. A felicidade

Aqueles meses... Quando me lembro deles, a palpitação toma meu corpo, uma névoa encobre meus olhos e tudo à volta me parece insignificante. E não há palavras para expressar a felicidade que passou.

O mundo novo se tornou, para mim, próximo e, ao que parecia, completamente compreensível. As derrotas passadas não me intimidavam, não me confundiam, a juventude e a fé retornaram a mim, e pensei que elas nunca mais iriam embora. Eu tinha um aliado confiável e forte, não havia lugar para a fraqueza, o futuro me pertencia.

Meus pensamentos quase nunca retornavam ao passado, apenas quando se tratava de Netty e de nosso amor.

– Por que você escondeu seu sexo de mim? – perguntei-lhe logo após aquela noite.

– No início, isso aconteceu por si só, por acaso. Mas, depois, mantive sua ilusão de maneira bastante consciente, e até troquei intencionalmente em meus trajes tudo que pudesse levá-lo à verdade. Assustei-me com a dificuldade e a complexidade da sua tarefa e temia complicá-la ainda mais, especialmente quando notei sua atração inconsciente por mim. Eu tampouco entendia muito bem a mim mesma... até sua doença.

– Então, foi isso que decidiu o caso... Como sou grato às minhas queridas alucinações!

ALEKSANDR BOGDÁNOV

– Sim, quando soube da sua doença, foi como o golpe de um relâmpago. Se não conseguisse curá-la por completo, eu teria, talvez, morrido.

Depois de alguns segundos de silêncio, acrescentou:

– Saiba que entre seus amigos há mais uma mulher, da qual você não suspeitava, e ela também o ama... é claro que não do mesmo jeito que eu...

– Enno! – deduzi de imediato.

– Mas é claro. Ela também o enganava de propósito, seguindo meu conselho.

– Ah, quanto engano e artimanha em seu mundo! – exclamei, em tom brincalhão[15]. – Mas, por favor, que o Menny seja homem, porque se eu tivesse que amá-lo, isso seria algo horrível.

– Sim, terrível. – concordou Netty pensativa, e eu não compreendi sua estranha seriedade.

Os dias se passavam um após o outro, e eu com alegria conquistava o maravilhoso mundo novo.

2. A separação

E, contudo, chegou o dia, um dia do qual não posso me lembrar sem amaldiçoá-lo, o dia em que entre mim e Netty levantou-se a sombra negra da odiada e inevitável... separação. Com uma expressão tranquila e clara, como sempre, Netty me disse que teria de viajar nos próximos dias com uma expedição gigantesca que se preparava para ir a Vênus sob a direção de Menny. Ao ver como fiquei aturdido com essa notícia, acrescentou:

– Será breve; em caso de sucesso, do qual não duvido, parte da expedição voltará logo, incluindo eu.

Em seguida, pôs-se a me explicar de que se tratava. Em Marte, as jazidas de radiomatéria, necessária como propulsora da comunicação interplanetária e como instrumento de decomposição e síntese de todos os elementos, estavam se esgotando: só estava sendo gasta e não havia meios para sua renovação. Em Vênus, um planeta quase quatro vezes mais jovem que Marte, confirmou-se

---

[15] As duas falas seguintes foram suprimidas das edições soviéticas posteriores.

124

ESTRELA VERMELHA

a presença bem na superfície, a partir de indícios indubitáveis, de colossais jazidas de substâncias irradiantes ainda não decaídas. Em uma ilha localizada no meio do principal oceano de Vênus que, entre os marcianos, tinha o nome de "Ilha das Tempestades Quentes", encontrava-se o mais rico minério da radiomatéria; e decidiu-se começar por ali sua extração. Mas, para que isso fosse possível, era necessária a construção de muros muito altos e resistentes para proteger os trabalhadores da ação mortífera do vento úmido e quente, cuja crueldade supera em muito a das tempestades de areia de nossos desertos. Foi por isso que se precisou de uma expedição de dez eteronaves e de 1,5 mil ou 2 mil pessoas, das quais apenas um vigésimo era reservado aos trabalhos químicos e quase todas as demais, à construção. Foram envolvidas as melhores forças científicas, entre elas, os médicos mais experientes: os perigos ameaçavam a saúde tanto em razão do clima e dos raios mortais quanto da propagação da substância irradiante. Netty, segundo ela, não podia se esquivar de participar da expedição; mas a expectativa era de que, se os trabalhos corressem bem, já depois de três meses uma eteronave viajaria de volta trazendo notícias e um estoque da substância extraída. Netty também deveria embarcar nessa eteronave, o que significaria estar de volta de dez a onze meses depois de ter partido.

Eu não conseguia compreender por que Netty tinha que ir. Ela me disse que a missão era séria demais para que se pudesse recusá-la; que era de grande importância também para minha tarefa, já que seu sucesso pela primeira vez traria a possibilidade de relações frequentes e amplas com a Terra; que qualquer erro na organização da assistência médica poderia arruinar desde o início toda a missão. Tudo isso era muito convincente – eu já sabia que Netty era a melhor médica para aqueles casos que extrapolavam os limites da velha experiência médica –, e, apesar de tudo, me parecia que não era só isso. Eu sentia que algo ali não estava sendo dito.

De uma coisa eu não duvidava – de Netty e de seu amor. Se ela dizia que era preciso ir, então era preciso; se ela não dizia por quê, eu não deveria interrogá-la. Via medo e dor em seus belos olhos quando ela não percebia que eu a estava olhando.

– Enno será uma boa e doce amiga – disse ela com um sorriso triste –, e também não se esqueça de Nella, ela o ama por mim, tem muita experiência e inteligência, o apoio dela em momentos difíceis é precioso. E, sobre mim, pense apenas uma coisa: eu voltarei o mais rápido possível.

– Eu acredito em você, Netty – eu disse –, e por isso acredito em mim, na pessoa pela qual você se apaixonou.

– Você tem razão, Lenny. Estou convencida de que, diante de qualquer jogo do destino, de qualquer catástrofe, você sairá fiel a si mesmo, mais forte e puro que antes.

O futuro lançava sua sombra sobre nossas carícias de adeus, que se misturavam às lágrimas de Netty.

3. A fábrica de roupas

Naqueles breves meses, com a ajuda de Netty, tive tempo de preparar, em grande medida, a execução de meu plano principal: tornar-me um trabalhador útil para a sociedade marciana. Eu rejeitava deliberadamente todas as ofertas de dar palestras sobre a Terra e suas pessoas: seria insensato fazer disso minha especialidade, pois significaria deter artificialmente minha consciência nas imagens do passado, o qual já sem isso não me deixaria, em vez daquele futuro que eu tinha de conquistar. Decidi simplesmente ingressar em uma fábrica e escolhi, para começar, depois de uma comparação e uma discussão minuciosas, a fábrica de roupas.

Escolhi, é evidente, o trabalho que era quase o mais fácil. Mas mesmo aqui me foi necessário um preparo considerável e sério, precisei estudar os princípios de organização das fábricas, em geral, elaborados pela ciência, e conhecer particularmente a disposição daquela fábrica na qual trabalharia; tinha de lidar, sobretudo, com sua arquitetura, com sua organização do trabalho, desvendar, em linhas gerais, também a estrutura de todas as máquinas usadas nela e, claro, em todos os detalhes, especialmente daquela máquina com a qual eu tinha de lidar. Além disso, descobri ser necessário aprender de antemão algumas áreas de mecânica aplicada e tecnologia geral, e até mesmo de análise matemática. As principais dificuldades, aqui, não decorriam do conteúdo do

ESTRELA VERMELHA

que devia ser estudado, mas de sua forma. Os manuais e guias não eram destinados a uma pessoa de cultura inferior. Lembrei-me de como na infância me torturava um manual francês de matemática que, por acaso, caiu em minhas mãos. Eu tinha uma séria atração por essa matéria e, aparentemente, notáveis talentos para ela: as ideias de "limite" e "derivada", difíceis para a maioria dos iniciantes, chegavam a mim de alguma forma imperceptível, como se eu sempre as tivesse conhecido. Mas eu não tinha aquela disciplina lógica e a prática do pensamento científico que o professor francês, muito claro e preciso nas expressões, embora muito mesquinho nas explicações, pressupunha do aluno-leitor. Omitia o tempo todo aquelas pontes lógicas que poderiam ser subentendidas por uma pessoa de cultura científica mais elevada, mas não por um jovem asiático. E, mais de uma vez, eu refletia durante horas inteiras sobre alguma transformação mágica que se seguisse às palavras: "daí, levando em conta as equações anteriores, derivamos…". O mesmo, porém com mais força, acontecia comigo agora quando lia os livros de ciências marcianos; a ilusão que tomara conta de mim no início de minha doença, quando tudo me parecia fácil e compreensível, desapareceu sem deixar vestígios. Mas a ajuda paciente de Netty sempre estava comigo e pavimentava o difícil caminho.

Logo depois da partida de Netty, decidi ingressar na fábrica. Era uma empresa gigantesca e muito complexa, que em nada se parecia com nossa imagem habitual de uma fábrica de roupas. Ali se combinavam a fiação, a tecelagem, o corte, a costura e o tingimento das roupas, e como material de trabalho usava-se não o linho, não o algodão, e, em geral, nenhuma fibra vegetal, tampouco lã ou seda, mas algo completamente distinto.

Nos tempos antigos, os marcianos preparavam tecidos para vestuário aproximadamente do mesmo jeito como se faz entre nós: cultivavam plantas fibrosas, tosavam a lã dos animais apropriados e tiravam-lhes o couro, criavam tipos específicos de aranhas de cujas teias obtinham uma substância semelhante à seda etc. O impulso para a transformação da tecnologia se deu pela necessidade de aumentar cada vez mais a produção de pão. As plantas fibrosas começaram a ser substituídas por minerais fibrosos semelhantes ao amianto. Em seguida, os químicos concentraram seus esforços no estudo dos tecidos das teias de aranha e na síntese de novas substâncias com características análogas. Quando, em um curto período de tempo, foram bem-sucedidos, houve em todo esse setor da indústria uma completa revolução, e, agora, os tecidos do tipo antigo estavam preservados apenas nos museus de história.

Nossa fábrica era uma verdadeira encarnação dessa revolução. Algumas vezes por mês, transportava-se das fábricas químicas mais próximas às estradas ferroviárias o "material" a ser tecido na forma de uma substância meio líquida, transparente, em grandes cisternas. Dessas cisternas, com a ajuda de aparelhos específicos que eliminavam a entrada do ar, o material era transferido para um enorme reservatório de metal suspenso, cujo fundo plano possuía centenas de milhares de finíssimas aberturas microscópicas. O líquido viscoso era empurrado sob grande pressão através das aberturas, formando fios finíssimos que, sob a ação do ar, solidificavam-se já alguns centímetros depois e se transformavam em fios de teias finíssimos. Dezenas de milhares de fiadoras mecânicas interceptavam esses fios e os enrolavam às dezenas em linhas de diferentes grossuras e espessuras, movendo-os adiante e transferindo os "fios têxteis" prontos para o setor seguinte, de tecelagem. Ali, nas máquinas de tecelagem, os fios eram tramados em todo tipo de tecidos, dos mais delicados, como a cambraia e musselina, aos mais grosseiros, como a lã e o feltro, seguindo adiante na forma de intermináveis faixas largas até a oficina de corte. Aqui eram apanhados por novas máquinas, que os dobravam com diligência em muitas camadas e recortavam deles milhares de retalhos de todo tipo, marcados de antemão e medidos de acordo com os desenhos de cada uma das partes da roupa.

Na oficina de costura, as partes cortadas eram unidas em uma roupa pronta sem necessidade de qualquer tipo de agulha, linha ou máquina de costura. As bordas dos pedaços eram precisamente alinhadas e então derretidas por um solvente químico específico, assumindo o antigo estado semilíquido, e, quando a substância solvente, muito volátil, evaporava em um minuto, os pedaços da matéria acabavam unidos de maneira bem mais robusta que

ESTRELA VERMELHA

qualquer costura. Ao mesmo tempo, eram embutidas fivelas em todos os lugares onde fossem necessárias, de modo que se obtinham partes prontas do traje – alguns milhares de amostras diferentes em sua forma e em seu tamanho.

Havia, para cada idade, algumas centenas de modelos dentre os quais, conforme o desejo, era quase sempre possível escolher um que servisse bem, ainda mais porque a roupa dos marcianos costuma ser muito larga. Quando, em função de uma compleição não muito comum, era impossível encontrar um modelo que servisse, imediatamente tiravam uma medida especial, ajustavam a máquina para cortes de acordo com novos desenhos e "costuravam" especificamente para esse indivíduo, o que exigia não mais que uma hora.

No que se refere à cor da roupa, a maioria dos marcianos se contentava com os tons habituais, escuros e suaves, da própria matéria. Caso fosse necessária outra cor que não aquela disponível, a roupa era enviada ao setor de tingimento, onde, em alguns minutos, com a ajuda de procedimentos eletroquímicos, adquiria a cor desejada, com resistência e uniformidade ideais.

Do mesmo tecido, porém mais grossos e resistentes, e aproximadamente pelos mesmos meios, produziam-se calçados e a roupa quente de inverno. Nossa fábrica não se ocupava disso, mas outras, ainda maiores, produziam decisivamente tudo o que era preciso para vestir uma pessoa da cabeça aos pés.

Trabalhei de forma alternada em todos os setores da fábrica e, no início, me envolvia muito com meu trabalho. Foi especialmente interessante trabalhar no setor de corte, onde tive de aplicar na prática métodos de análise matemática que me eram recém-adquiridos. A tarefa consistia em cortar de um pedaço do tecido, com a menor perda possível, todas as partes da vestimenta. Uma tarefa, claro, muito prosaica, mas também muito séria; porque até mesmo um erro mínimo, se repetido milhões de vezes, resultava em uma enorme perda. Consegui chegar a uma solução bem-sucedida, e nisso eu não era "pior" que os demais.

Trabalhar "não pior" que os demais era ao que eu aspirava com todas as minhas forças, e, em geral, não sem sucesso. Mas não pude deixar de notar que isso me exigia esforços maiores que

129

para os demais trabalhadores. Depois das habituais quatro a seis horas de trabalho (em cálculos terráqueos), eu ficava exausto ao extremo e precisava de descanso imediato, enquanto os demais se dirigiam a museus, bibliotecas, laboratórios ou a outras fábricas, a fim de observar a produção e, às vezes, até trabalhar ainda mais...

Eu esperava me acostumar aos novos tipos de trabalho e me igualar aos outros trabalhadores. Mas isso não aconteceu. Eu me convencia cada vez mais de que me faltava a *cultura da atenção*. Exigiam-se poucos movimentos físicos e, em rapidez e destreza, eu não ficava para trás, até mesmo superava muitos. Mas era necessária uma concentração tão ininterrupta e tensionada para observar as máquinas e o material que aquilo fatigava meu cérebro: provavelmente, apenas após uma série de gerações seria possível desenvolver essa capacidade até o grau que era comum e médio por aqui.

Quando – normalmente no fim de minha jornada de trabalho – o cansaço já se mostrava e a concentração começava a me trair, eu cometia erros ou desacelerava por um segundo a realização de alguma etapa do trabalho, então, sem falha nem equívoco, a mão de algum vizinho consertava a coisa.

Não só me surpreendia, como, às vezes, diretamente indignava-me a capacidade estranha que tinham de observar tudo o que acontecia ao redor, sem se desviar nem por um segundo de seu próprio trabalho. Seu zelo não me tocava tanto quanto me causava enfado e irritação; surgia em mim a sensação de que todos eles observavam o tempo inteiro meus movimentos... Esse humor inquieto aumentava ainda mais minha dispersão, estragava meu trabalho.

Agora, passado muito tempo, quando me lembro em detalhes e sem parcialidade de todas as circunstâncias, acho que percebi tudo isso de modo equivocado. Exatamente com o mesmo zelo e do mesmo jeito – mas talvez com menos frequência –, meus camaradas de fábrica ajudavam também uns aos outros. Eu não era objeto de alguma vigilância excepcional, como me parecia na época. Era eu mesmo – uma pessoa do mundo individualista – que me distinguia involuntária e inconscientemente dos demais, e percebia com pesar sua bondade e ajuda

ESTRELA VERMELHA

camaradas, pelas quais, como parecia a mim, uma pessoa do mundo do comércio, não tinha com que retribuir.

4. Enno

Foi-se também o longo outono; o inverno, com pouca neve, mas gelado, reinava em nossa região – nas latitudes médias do hemisfério norte. O pequeno Sol não esquentava nada e brilhava menos que antes. A natureza livrou-se das cores vibrantes e tornou-se pálida e agreste. O frio se embrenhava no coração, as dúvidas cresciam na alma e a solidão moral de um forasteiro de outro mundo se tornava cada vez mais torturante.

Fui ter com Enno, a quem não via há muito tempo. Ela me recebeu como uma pessoa próxima e querida – foi exatamente como se o raio de um passado recente cortasse o frio do inverno e as penumbras da preocupação. Depois, percebi que também estava pálida, e era como se algo a tivesse deixado cansada ou exausta; havia uma tristeza oculta em suas maneiras e em sua fala. Tínhamos assuntos para conversar, e algumas horas passaram imperceptíveis e agradáveis para mim, como não me acontecia desde a partida de Netty.

Quando me levantei para ir para a casa, ambos sentimos tristeza.

– Se seu trabalho não a estiver prendendo aqui, vamos comigo – eu disse.

Enno concordou imediatamente, juntou o trabalho – naquele momento, ela não se ocupava com a pesquisa no observatório, mas com a verificação de uma enorme série de cálculos – e fomos à cidade química, onde eu estava morando sozinho no apartamento de Menny. De manhã, todos os dias, eu viajava até minha fábrica, que se encontrava a uma centena de quilômetros, ou seja, a meia hora de viagem dali, e Enno e eu, agora, passávamos juntos as longas noites de inverno em estudos científicos, conversas e, às vezes, passeios pelos arredores.

Enno me contou sua história. Ela amava Menny e, antes, tinha sido sua esposa. Desejava ardentemente ter um filho dele, mas ano após ano o filho não vinha. Então, ela procurou Netty na esperança de um conselho. Do modo mais atento possível, Netty estudou todas as circunstâncias e chegou à conclusão categórica de que nunca teriam filhos. Menny havia demorado tempo demais para se transformar de menino em homem e começara a viver cedo demais a vida muito tensa de cientista e pensador. A atividade de seu cérebro, devido a seu desenvolvimento excessivo, enfraqueceu e suprimiu a vitalidade dos elementos de reprodução desde o início; e isso era irreparável.

A sentença de Netty foi um terrível golpe para Enno, em quem o amor por uma pessoa genial e o instinto maternal profundo haviam se fundido em uma aspiração ardente que, de repente, se revelou desesperançada.

Isso não era tudo, porém; a pesquisa conduziu Netty a outro resultado ainda. Revelou-se que, para a atividade mental gigantesca de Menny, para a plenitude de desenvolvimento de suas capacidades geniais, era preciso o máximo possível de contenção física e o mínimo possível de carícias amorosas. Enno não podia deixar de seguir esse conselho e logo se convenceu de sua justeza e racionalidade. Menny se animou, começou a trabalhar com mais energia que nunca, os novos planos engendravam-se em sua cabeça com uma velocidade incomum, eram cumpridos com particular sucesso e, pelo visto, ele não sentia nem um pouco a privação. Então Enno, para quem o amor era mais precioso que a vida, e o gênio da pessoa amada mais precioso que o amor, tirou todas as conclusões dessa descoberta.

Ela se separou de Menny; isso o afligiu no início, mas, depois, ele se conciliou com o fato rapidamente. A verdadeira razão da ruptura talvez até lhe tenha permanecido desconhecida: Enno e Netty a mantinham em segredo, embora, é claro, não se podia saber com certeza se a mente perscrutadora de Menny não adivinhara o fogo oculto dos acontecimentos. Já para Enno, a vida pareceu tão vazia e o sentimento reprimido criava tantos sofrimentos que, após um curto período, a jovem mulher decidiu morrer.

Para impedir o suicídio, Netty, a cuja ajuda Enno recorreu, sob diversos pretextos atrasou sua execução por um dia e, enquanto isso, notificou Menny. Ele, nessa época, organizava a expedição à Terra e imediatamente enviou a Enno o convite para participar dessa importante e perigosa missão. Recusar era difícil. Enno aceitou a proposta. A massa de impressões novas a ajudou a lidar com a dor na alma; e, até a hora do retorno a Marte, ela já conseguira dominar a si mesma a tal ponto que fora capaz de assumir a aparência do alegre menino-poeta que conheci na eteronave.

Enno não se juntou à nova expedição porque temia se acostumar demais à presença de Menny outra vez. Mas a preocupação com o destino dele não a abandonava enquanto estava sozinha: sabia bem demais dos perigos da missão. Nas longas noites de inverno, nossos pensamentos e nossas conversas sempre voltavam ao mesmo ponto do Universo: lá, onde sob os raios do enorme Sol, sob os sopros do vento escaldante, os seres mais próximos de nós dois realizavam, com uma energia febril, seu trabalho titanicamente ousado. Aproximava-nos profundamente essa união da disposição de pensamento. Enno foi para mim mais que uma irmã.

Como se por si só, sem ímpeto nem luta, nossa aproximação nos conduziu às relações amorosas. Enno, sempre dócil e bondosa, não se esquivava dessa proximidade, embora tampouco lhe aspirasse. Apenas decidiu que não teria filhos comigo... Havia um matiz de tristeza em suas carícias – carícias de uma amizade terna, que tudo permite...

Enquanto isso, o inverno continuava a estender sobre nós suas asas frias e pálidas: um longo inverno marciano, sem degelos, tempestades nem nevascas, tranquilo e imóvel como a morte. Nós dois não tínhamos vontade de voar para o sul, onde, nessa época, o Sol aquecia e a natureza repleta de vida desdobrava suas vestes coloridas. Enno não desejava essa natureza, que tão pouco harmonizava com seu estado de espírito; já eu evitava novas pessoas e um novo ambiente, porque conhecê-los e acostumar-me a eles exigiria um trabalho e uma fadiga novos e inócuos, e eu já sem isso avançava lento demais rumo a meu objetivo. Fantasmagórica e estranha era nossa amizade-amor no reino do inverno, da preocupação, da espera...

5. Na casa de Nella

Enno, ainda na tenra juventude, foi a amiga mais próxima de Netty e me contava muito sobre ela. Em uma de nossas conversas, meus ouvidos foram surpreendidos pela combinação dos nomes Netty e Sterny, o que me pareceu estranho. Quando fiz uma pergunta direta, Enno ficou pensativa por um momento e até mesmo pareceu desconcertada, respondendo em seguida:

– Netty, antes, foi esposa de Sterny. Se ela não lhe contou isso, então também eu não deveria. Cometi, ao que parece, um erro, e daqui em diante não me faça mais perguntas sobre isso.

Fiquei, de um modo estranho, abalado por aquilo que ouvira... Aquilo não deveria soar como uma novidade... Eu nunca havia suposto ser eu o primeiro marido de Netty. Seria absurdo pensar que uma mulher cheia de vida e saúde, bela de corpo e alma, filha de uma raça livre e de alta cultura, poderia ter vivido sem amor até nosso encontro. O que, então, causara meu estado de incompreensível perplexidade? Eu não conseguia refletir sobre isso, sentia apenas uma coisa: que precisava saber de tudo, saber com precisão e clareza. Mas interrogar Enno, pelo visto, era impossível. Lembrei-me de Nella.

Netty, ao partir, disse: "Não se esqueça de Nella, procure-a num momento de dificuldade!". Eu já tinha pensado mais de uma vez em visitá-la; mas não o fiz, em parte, para não atrapalhar meu trabalho, em parte, por um vago pavor diante das centenas de olhinhos infantis curiosos que a cercavam. Agora, entretanto, qualquer indecisão esvanecera, e eu, no mesmo dia, estava na Casa das Crianças, na Grande Cidade das Máquinas.

Nella abandonou imediatamente o trabalho com o qual estava ocupada e, depois de pedir a outra educadora que a substituísse, levou-me a seu quarto, onde as crianças não poderiam nos incomodar.

Decidi não lhe contar de imediato o propósito de minha visita, até porque, a mim mesmo, esse propósito não parecia nem especialmente sensato nem especialmente nobre. Seria bastante natural que eu começasse uma conversa sobre a pessoa mais próxima de nós dois; depois, bastava esperar o momento

ESTRELA VERMELHA

oportuno para fazer minha pergunta. Nella me contou muito, e com entusiasmo, sobre Netty, sobre sua infância e juventude.

Os primeiros anos de sua vida Netty passou com a mãe, como acontece na maioria dos casos entre os marcianos. Depois, quando era preciso deixar Netty na Casa das Crianças para não privá-la da influência educacional da companhia de outras crianças, Nella já não podia pensar em se separar dela. E, no início, temporariamente, passou a morar na mesma casa, depois ficou ali para sempre, como educadora. Isso combinava também com sua especialização científica: estudava, sobretudo, psicologia.

Netty era uma criança vivaz, enérgica, impulsiva, com grande ansiedade por conhecimento e ação. Interessava-lhe e atraía-lhe, sobretudo, o misterioso mundo astronômico, para além dos limites do planeta. A Terra, que ainda não podia ser alcançada, e suas pessoas desconhecidas eram o sonho preferido de Netty, seu assunto preferido nas conversas com as outras crianças e com as educadoras.

Quando foi publicado o relatório sobre a primeira e bem--sucedida expedição de Menny à Terra, a menina por pouco não enlouqueceu de alegria e admiração. Decorou palavra por palavra o informe de Menny e depois atormentou Nella e os educadores com exigências de lhe explicar cada termo incompreensível desse informe. Ela se apaixonou por Menny sem sequer o conhecer e lhe escreveu uma carta entusiasmada; nessa carta, entre outras coisas, implorava-lhe que trouxesse da Terra uma criança que não tivesse quem lhe cuidasse; ela tomaria para si o encargo de educá-la da melhor maneira possível. Decorou todo seu quarto com paisagens da Terra e retratos de terráqueos e começou a estudar os dicionários das línguas terráqueas tão logo foram publicados. Protestou contra a violência exercida por Menny e seus companheiros contra o primeiro terráqueo a ser encontrado: eles o capturaram para que ele os ajudasse a conhecer as línguas terráqueas; ao mesmo tempo, lastimou profundamente que, ao partir, eles o tivessem libertado e não o levado consigo a Marte. Estava firmemente determinada a viajar algum dia à Terra e, em resposta à brincadeira da mãe de que ela se casaria com um terráqueo, afirmou, depois de pensar um pouco: "É bem capaz!".

Tudo isso a própria Netty nunca tinha me contado; em suas conversas, de modo geral, ela evitava tocar no passado. E é claro que ninguém, inclusive ela mesma, poderia contá-lo melhor que Nella. Com que força o amor materno reluzia nas descrições de Nella! Havia momentos em que eu me enlevava por completo, e com vivacidade aparecia diante de mim uma menina encantadora com grandes olhos ardentes e uma atração misteriosa por um mundo distante, distante... Mas isso passava logo: retornava a consciência do que estava ao redor, a lembrança do objetivo da conversa, e de novo o frio invadia a alma.

Por fim, quando nossa conversa chegou aos anos mais recentes da vida de Netty, atrevi-me a perguntar com o ar mais tranquilo e desinteressado possível como surgiram as relações entre Netty e Sterny. Nella pensou por um momento.

– Ah, então é isso! – disse ela. – Quer dizer que você veio até mim por isso... Por que é que não me disse de uma vez?

Uma rigidez incomum soou em sua voz. Fiquei calado.

– É óbvio que eu posso lhe contar – continuou ela. – É uma história bastante simples. Sterny foi um dos professores de Netty, ele dava aulas de matemática e astronomia aos jovens. Quando retornou de sua primeira viagem à Terra – era, acredito, a segunda expedição de Menny –, proferiu uma série de palestras sobre aquele planeta e seus habitantes. Netty era sua fiel ouvinte. O que os aproximou foi, principalmente, aquela paciência e atenção com que ele tratava seus intermináveis questionamentos. A aproximação os conduziu ao casamento. Havia ali uma espécie de atração polar, de duas naturezas muito diferentes e, em muitos aspectos, opostas. Posteriormente, essa mesma diferença se manifestou com mais frequência e em toda plenitude em sua vida a dois, resultando em esfriamento e rompimento. Isso é tudo.

– Diga-me, quando se deu esse rompimento?

– Em definitivo, depois da morte de Letta. Na verdade, a própria aproximação entre Netty e Letta foi o princípio desse rompimento. Netty começou a se incomodar com a mente fria e analítica de Sterny; ele destruía com exagerada sistematicidade e obstinação todos os castelos de areia, todas as fantasias da mente e do sentimento vividas por ela com tanta força e tanta

ESTRELA VERMELHA

intensidade. Involuntariamente, ela começou a buscar uma pessoa que tratasse tudo isso de outro modo. O velho Letta tinha um coração de rara compaixão e um entusiasmo abundante, quase infantil. Netty encontrou nele o companheiro de que precisava: ele não só sabia tratar com paciência o impulso de sua imaginação, como não raro se fascinava com ela. Ao lado dele, sua alma descansava da crítica dura de Sterny, que tudo congelava. Letta, assim como ela, amava a Terra com sonho e fantasia, acreditava na futura união entre os dois mundos, que traria consigo um grande florescimento e a grande poesia da vida. Quando ela descobriu que uma pessoa com sentimentos tão preciosos na alma nunca havia conhecido o amor e o carinho de uma mulher, não pôde se conformar. Assim surgiu sua segunda relação[16].

– Um minuto – interrompi. – Será que eu a estou entendendo corretamente? Você disse que ela foi esposa de Letta?

– Sim – respondeu Nella.

– Mas você, ao que me parece, havia me dito que o rompimento definitivo com Sterny acontecera depois da morte de Letta?

– Sim. Não é claro para você?

– Não, está claro para mim. Eu só não sabia disso.

Nesse minuto, fomos interrompidos. Uma das crianças sofreu um ataque nervoso, e Nella foi chamada às pressas. Fiquei alguns minutos sozinho. Minha cabeça estava girando de leve, sentia-me tão estranho, que não havia palavras para descrever o meu estado. Por que será? Não havia nada de especial. Netty era uma pessoa livre e se comportava como uma pessoa livre. Letta fora seu marido? Sempre o respeitei, e por ele sentia uma simpatia ardente, mesmo que ele não tivesse sacrificado sua vida pela minha. Netty foi esposa de dois de seus camaradas ao mesmo tempo? Mas eu sempre considerei que a monogamia em nosso meio resultava apenas das nossas condições econômicas, que limitam e acorrentam a pessoa a cada passo; aqui, contudo, não havia essas condições, mas outras que não criavam nenhum empecilho para sentimentos pessoais e laços pessoais. De onde, então, teria

---

[16] O trecho a partir do parágrafo seguinte até a frase "Ah, sim, mais uma coisa…" foi suprimido das edições soviéticas posteriores.

vindo a minha perplexidade inquieta e a dor incompreensível que ora me fazia querer gritar, ora rir? Ou eu não saberia *sentir* tal-qualmente *penso*? Parece que sim. E as minhas relações com Enno? Onde estaria minha lógica? E o que eu mesmo seria? Que estado absurdo!

Ah, sim, mais uma coisa... Por que Netty não me contou tudo isso? E quantos segredos e enganos havia em torno de mim? E quantos mais haveria no futuro? De novo a mentira! Segredos, sim, isso é verdade. Mas aqui não havia engano. E será que nesse caso o segredo não é um engano?...

Esses pensamentos giravam em torvelinho em minha cabeça quando a porta abriu e no quarto entrou novamente Nella. Pelo visto, ela lera em meu rosto quanto tudo isso me afligia, pois em seu tom, ao se dirigir a mim, já não havia a secura nem o rigor anteriores.

– Claro – disse ela –, não é fácil se acostumar com relações totalmente diferentes e os costumes de um mundo com o qual não se tem uma ligação de sangue. Você já superou muitos obstáculos e pode lidar com este também. Netty confia em você, e acho que ela tem razão nisso. E por acaso sua confiança nela foi abalada?

– Por que ela escondeu tudo isso de mim? Onde é que entra a confiança dela aqui? Não consigo entendê-la.

– Por que ela agiu assim, eu não sei. Mas sei que ela deve ter tido para isso sérios e bons motivos, e não mesquinhos. Talvez esta carta possa lhe explicar. Ela me deixou para entregar a você justamente caso houvesse uma conversa como a que agora estamos tendo.

A carta tinha sido escrita em minha língua materna, a qual minha Netty aprendera tão bem. Eis o que li:

> Meu Lenny! Nunca lhe falei sobre minhas relações pessoais anteriores, mas isso não aconteceu porque desejei esconder de você o quer que fosse sobre minha vida. Confio profundamente em sua cabeça esclarecida e em seu coração nobre; não tenho dúvidas de que, por mais que lhe sejam alheias e estranhas algumas de nossas relações, você, no fim das contas, sempre saberá compreendê-las corretamente e avaliá-las com justiça.

ESTRELA VERMELHA

Uma coisa, porém, eu temia... Depois da doença, você, com rapidez, acumulou forças para o trabalho, mas aquele equilíbrio mental de que depende o autocontrole nas palavras e nos atos a todo momento e a toda nova impressão ainda não lhe retornara por completo. Se você, sob a influência do momento e das forças espontâneas do passado que estão sempre à espreita nas profundezas da alma humana, tivesse demonstrado para comigo, como mulher, nem que fosse por um instante, aquela relação ruim que emerge da violência e da escravidão e que predomina no mundo antigo, você nunca se perdoaria por isso. Sim, meu querido, eu sei, você é rígido, muitas vezes até cruel consigo mesmo; você trouxe essa característica da dura escola da eterna luta no globo terrestre, e um segundo de um impulso ruim e doentio permaneceria em você para sempre como uma mancha escura em nosso amor.

Meu Lenny, quero e posso lhe acalmar. Que durma e nunca desperte em sua alma aquele sentimento ruim que relaciona o amor a uma pessoa à preocupação com a propriedade viva. *Não terei* outros relacionamentos amorosos. Isso lhe posso prometer com facilidade e segurança, porque diante de meu amor por você, diante do desejo ardente de ajudá-lo na grande tarefa de sua vida, o resto se torna muito mesquinho e insignificante. Eu o amo não apenas como esposa, eu o amo como a mãe que conduz o filho a uma nova vida que lhe é estranha, repleta de esforços e perigos. Este é o amor mais forte e profundo que uma pessoa pode sentir por outra pessoa. E, por isso, não há sacrifícios em minha promessa.
Adeus, minha criança querida e amada.

Sua Netty.

Quando terminei de ler a carta, Nella olhou para mim com um ar interrogativo.
– Você tinha razão – eu disse, beijando sua mão.

6. Em busca

Esse episódio deixou em minha alma a sensação de uma profunda humilhação. De maneira mais dolorosa do que antes, comecei a perceber a supremacia sobre mim dos que estavam a meu redor, tanto na fábrica quanto em meus outros contatos com os marcianos. Sem dúvida, eu até exagerava essa supremacia e minha debilidade. Em sua boa vontade e preocupação para comigo, comecei a ver uma sombra de condescendência quase desdenhosa – e em seu comedimento cuidadoso, uma repulsa oculta a uma criatura inferior. A precisão da percepção e a correção da avaliação eram cada vez mais deturpadas nesse sentido.

Em todos os outros aspectos, o pensamento permanecia claro e, agora, empenhava-se, sobretudo, em preencher as lacunas ligadas à partida de Netty. Mais que antes, eu estava convencido de que, para a participação de Netty nessa expedição, existiam outros motivos que ainda me eram desconhecidos, mais fortes e mais importantes que aqueles que me eram apresentados. A nova prova do amor de Netty, daquela enorme importância que ela atribuía à minha missão na aproximação de dois mundos, servia de nova confirmação de que, sem motivos excepcionais, ela não tomaria a decisão de me abandonar por muito tempo em meio a profundezas, encalhes e pedras submersas do oceano dessa vida que me era alheia, compreendendo melhor e mais claramente que eu, pela sua mente, quais perigos aqui me ameaçavam. Havia algo de que eu não sabia, mas eu estava convencido de que isso tinha alguma relação séria comigo; e era preciso esclarecê-lo custasse o que custasse.

Decidi descobrir a verdade por meio de uma pesquisa sistemática. Ao me lembrar de algumas alusões involuntárias de Netty e de uma expressão preocupada que eu, com muita antecedência, captara em seu rosto sempre que começavam a conversar em minha presença sobre as expedições de colonização, cheguei à conclusão de que Netty se decidira por essa separação não quando tinha me contado, mas muito antes, no mais tardar, nos primeiros dias de nosso casamento. O que significa que as razões deviam ser procuradas naquela época. Mas onde procurá-las?

Poderiam estar relacionadas ou com assuntos pessoais de Netty ou com a origem, o caráter e o significado dessa expedição. A primeira, depois da carta de Netty, parecia a menos provável. Portanto, antes de tudo, era preciso voltar as buscas à segunda direção e começar com o esclarecimento completo da história da origem da expedição.

Obviamente, a decisão sobre a expedição foi tomada pelo "grupo colonizador" – assim era chamado o congresso dos trabalhadores que participavam ativamente da organização das viagens interplanetárias com os representantes do Instituto de Estatística Central e das fábricas que produziam eteronaves e, em geral, providenciavam os meios necessários para essas viagens. Eu sabia que o último congresso desse "grupo colonizador" acontecera justamente durante minha doença. Menny e Netty haviam participado dele. Como, naquela época, eu já convalescia e me sentia entediado sem Netty, também quis tomar parte nesse congresso, mas Netty me disse que seria perigoso para minha saúde. Será que o "perigo" não tinha a ver com algo que eu não deveria saber? Pelo visto, eu devia conseguir as atas completas do congresso e ler tudo o que pudesse estar relacionado a essa questão.

Nisso, porém, encontrei dificuldades. Na biblioteca de colonização, me deram apenas o compêndio das resoluções do congresso. Nas resoluções, foi esboçada com perfeição, quase até com minúcia, toda a organização da grandiosa missão em Vênus, mas não havia nada que me interessasse especialmente naquele momento. Isso de modo algum esgotava a questão. As resoluções, apesar de todo seu detalhamento, eram apresentadas sem qualquer motivação, sem quaisquer indícios das discussões que as precederam. Quando eu disse ao bibliotecário que precisava das próprias atas, ele me explicou que elas não foram publicadas e que tais tipos de ata nem eram feitas, como era de costume nas reuniões técnicas e de negócios.

À primeira vista, isso parecia verossímil. Os marcianos, de fato, publicam apenas as *resoluções* de seus congressos técnicos, por acharem que qualquer *opinião* racional e útil expressa ali ou encontrará seu reflexo na resolução votada, ou será esclarecida de modo muito melhor e mais detalhado num artigo específico, num folheto, num livro do que em um curto discurso do autor, se o próprio a considerar importante. Os marcianos, de modo geral, não gostam de multiplicar exageradamente a literatura, e não se pode encontrar entre eles nada semelhante a nossos "trabalhos de comissões" em múltiplos volumes: tudo é condensado

ALEKSANDR BOGDÁNOV

no menor volume possível. Mas, nesse caso, não acreditei no bibliotecário. As pautas discutidas no congresso eram grandes e importantes demais para que sua discussão pudesse ser tratada como um debate habitual sobre alguma questão técnica habitual.

Eu, contudo, tentei esconder minha desconfiança e, para afastar de mim qualquer tipo de suspeita, mergulhei obedientemente no estudo daquilo que me foi entregue e, enquanto isso, pus-me a refletir sobre um plano de ações futuras.

Era evidente que na biblioteca eu não conseguiria aquilo de que precisava: ou, de fato, não houve nenhum protocolo ou o bibliotecário, prevenido por minha pergunta, habilmente os escondeu de mim. Restava outra possibilidade – a seção fonográfica da biblioteca.

Ali os protocolos poderiam ser encontrados mesmo que não tivessem sido publicados pela imprensa. O fonógrafo, muitas vezes, substitui para os marcianos a estenografia e, em seus arquivos, são conservados muitos fonogramas não publicados de todo tipo de reuniões públicas.

Esperei até o momento em que o bibliotecário estivesse totalmente absorto pelo trabalho e, sem que ele notasse, me dirigi à seção fonográfica. Ali, solicitei ao camarada de plantão um grande catálogo de fonogramas. Ele me entregou.

No catálogo, encontrei rapidamente os números dos fonogramas do congresso que me interessava e, fingindo não querer causar incômodo ao camarada de plantão, fui eu mesmo procurá-los. Isso também consegui com facilidade.

Ao todo, eram quinze fonogramas, um por sessão do congresso. Cada um deles, como normalmente se faz entre os marcianos, tinha um sumário escrito à mão. Olhei-os rapidamente.

As primeiras cinco sessões eram dedicadas inteiramente aos relatórios sobre as expedições organizadas após o congresso anterior e aos novos aperfeiçoamentos na tecnologia das eteronaves.

No título do sexto fonograma, lia-se:

"A proposta do Instituto de Estatística Central sobre a passagem à colonização em massa. A escolha do planeta: Terra ou Vênus. Discursos e propostas de Sterny, Netty, Menny e outros. Decisão preliminar em favor de Vênus".

142

ESTRELA VERMELHA

Senti que era exatamente aquilo que estava procurando. Coloquei o fonograma num aparelho. Tudo o que ouvi se cravou para sempre em minha alma. Eis o que havia ali:

A sexta sessão foi aberta por Menny, o presidente do congresso. O primeiro a dar seu relato foi o representante do Instituto de Estatística Central.

Por meio de uma série de números exatos, ele comprovou que, com o crescimento populacional e o progresso de suas necessidades, se os marcianos se limitassem à exploração de seu próprio planeta, em trinta anos começariam a faltar suprimentos de alimentação. Isso poderia ser evitado pela descoberta de uma síntese tecnicamente fácil de proteínas a partir de matéria inorgânica, mas de modo algum seria possível garantir que em trinta anos isso seria viável. Por isso, era absolutamente necessário que o grupo de colonização passasse das simples excursões científicas a outros planetas à organização de uma verdadeira migração em massa dos marcianos para lá. Havia, evidentemente, dois planetas acessíveis aos marcianos com inúmeras riquezas naturais. Era necessário decidir de imediato qual deles deveria se tornar o centro inicial da colonização para depois começar a elaborar um plano.

Menny questionou se alguém tinha uma objeção substancial à proposta do Instituto de Estatística Central ou à motivação dela. Ninguém se pronunciou.

Então, Menny colocou em discussão qual planeta deveria ser escolhido em primeiro lugar para a colonização em massa. Sterny tomou a palavra.

7. Sterny

– A primeira questão que nos foi colocada pelo representante do Instituto de Estatística Central – foi assim que Sterny começou com seu tom habitual, matematicamente pragmático –, a questão da escolha do planeta para a colonização, a meu ver, não precisa de uma solução, porque foi solucionada há muito tempo, solucionada pela própria realidade. Não há entre o que escolher. Dos dois planetas que agora nos são acessíveis, apenas um é adequado à colonização em massa. A Terra. Sobre Vênus existe uma vasta literatura, com a qual todos vocês estão, é claro, familiarizados. Só há uma única conclusão possível a partir de todos os dados reunidos nela: dominar Vênus, *agora*, é impossível. Seu Sol ardente extenuará e enfraquecerá nossos colonizadores, suas terríveis tempestades e seus vendavais destruirão nossas construções, destroçarão no espaço nossas aeronaves e as lançarão sobre as gigantescas montanhas. Seus monstros, ainda poderíamos vencê-los, embora ao preço de consideráveis sacrifícios; mas seu mundo bacteriano, cuja riqueza de formas é assustadora, conhecemos apenas em um ínfimo grau – e quantas novas doenças se escondem ali? Suas forças vulcânicas encontram-se, ainda, em uma fermentação agitada; quantos terremotos inesperados, irrupções de lavas, inundações oceânicas nos aguardariam? Criaturas racionais não devem empreender o impossível. A tentativa de colonizar Vênus nos custaria sacrifícios incontáveis, mas também inúteis, não sacrifícios em nome da ciência e da felicidade geral, mas o sacrifício em nome de uma loucura e de um sonho. Tal questão, ao que me parece, está clara, e o próprio relatório da última expedição a Vênus dificilmente deixaria em alguém qualquer sombra de dúvida.

"Desse modo, se, em geral, se trata de migração em massa, então, é claro, só se pode tratar da migração para a Terra. Lá, os obstáculos por parte da natureza são ínfimos, e suas riquezas, incontáveis; superam em oito vezes aquilo que nosso planeta nos oferece. A própria missão de colonização foi muito bem preparada pela cultura já existente na Terra, embora esta não seja elevada. Tudo isso, obviamente, também é bem conhecido pelo Instituto de Estatística Central. Se ele nos apresenta o problema da escolha, e consideramos necessário debatê-la, isso ocorre pela razão excepcional de que a Terra nos apresenta um obstáculo muito sério. Sua humanidade.

"As pessoas da Terra a dominam e em nenhum caso vão voluntariamente entregá-la, não entregarão nenhuma parte significativa de sua superfície. Isso deriva do próprio caráter de sua cultura. Sua base é a propriedade protegida pela violência organizada. Embora mesmo as tribos mais civilizadas da Terra explorem, de fato, apenas uma parte ínfima dos recursos da

ESTRELA VERMELHA

natureza que lhe são acessíveis, seu desejo de conquistar novos territórios jamais enfraquece. A devastação sistemática das terras e da propriedade das tribos menos cultivadas carrega entre eles o nome de política colonizadora, e é vista como uma das principais tarefas de sua vida estatal. É possível imaginar como reagirão a nossa proposta natural e racional de nos entregar uma parte de seus continentes em troca de nossos ensinamentos e nossa ajuda na utilização incomparavelmente melhor da parte restante... Para eles, a colonização é apenas uma questão de força bruta e violência; e, queiramos ou não, nos *forçarão* a adotar tal ponto de vista em relação a eles.

"Se, nesse caso, se tratasse apenas de lhes provar de uma vez por todas a preponderância de nossa força, seria relativamente simples e não exigiria mais vítimas que qualquer uma de suas guerras costumeiras, insensatas e inúteis. Os numerosos rebanhos de pessoas treinadas para matar existentes entre eles, chamados de exércitos, serviriam de material mais propício para esse tipo de violência necessária. Qualquer uma de nossas eteronaves poderia, por meio do fluxo de raios mortíferos decorrentes da decomposição acelerada do rádio, extinguir em poucos minutos um ou dois rebanhos desses, e isso seria até mais útil que prejudicial para a cultura deles. Infelizmente, porém, o caso não é tão simples, e as principais dificuldades só teriam começado desse momento em diante.

"Na eterna luta entre as tribos da Terra, eles desenvolveram uma particularidade psicológica chamada de patriotismo. Esse sentimento indefinido, porém forte e profundo, encerra em si tanto a desconfiança maliciosa em relação a todos os outros povos e raças quanto um vínculo visceral com seu ambiente comum vital, principalmente o território, ao qual as tribos terráqueas se agarram como uma tartaruga à sua carapaça, bem como um tipo de presunção coletiva e, às vezes, ao que parece, a sede pelo extermínio, pela violência, pela conquista. O estado de espírito patriótico aumenta e se aguça de maneira extraordinária depois de derrotas militares, principalmente quando os vencedores tomam dos vencidos uma parte do território; então, o patriotismo dos vencidos adquire o caráter de um prolongado e brutal ódio aos vencedores, e vingar-se deles torna-se um ideal de vida de toda a tribo, não apenas de seus piores elementos – das classes "superiores", ou seja, dirigentes –, mas também das melhores, de suas massas de trabalhadores.

"Então, se tomássemos uma parte da superfície terrestre por meio de uma violência necessária, isso sem dúvida levaria à unificação de toda a humanidade terráquea em um único sentimento de patriotismo terráqueo, em um ódio e uma raiva raciais impiedosos contra nossos colonos; e o extermínio dos forasteiros por todos os meios possíveis, até os mais traiçoeiros, acabaria por tornar-se, aos olhos das pessoas terráqueas, uma façanha sagrada e nobre, que confere uma glória imortal. A existência de nossos colonos se tornaria totalmente insuportável. Vocês sabem que a destruição da vida é um ofício, em geral, bastante fácil, até para as culturas inferiores; somos incomensuravelmente mais fortes que as pessoas terráqueas, no caso de uma luta aberta, mas, se houver ataques inesperados, eles podem nos matar com tanto sucesso quanto o fazem normalmente uns com os outros. Além disso, é preciso observar que a arte do extermínio tem entre eles um desenvolvimento incomparavelmente superior que o dos demais aspectos de sua peculiar cultura.

"Viver com eles e entre eles seria, é claro, diretamente impossível; isso significaria eternas conspirações e atos de terror por parte deles, a consciência constante de um perigo iminente e incontáveis vítimas entre nossos camaradas. Seria preciso expulsá-los de todas as regiões ocupadas por nós – expulsar de uma vez dezenas e talvez centenas de milhões. Com sua ordem social, que não reconhece o apoio mútuo da camaradagem, com suas relações sociais, que condicionam o serviço e a ajuda ao pagamento em dinheiro, e, por fim, com seus meios de produção desajeitados e pouco flexíveis, que não permitem uma ampliação bastante rápida da produtividade e a redistribuição dos produtos do trabalho – esses milhões de pessoas expulsas por nós seriam em sua enorme maioria condenados a uma penosa morte pela fome. Já a minoria sobrevivente formaria contra nós quadros de agitadores cruéis e fanáticos em meio a toda a humanidade restante da Terra.

ESTRELA VERMELHA

"Em seguida, seria preciso, apesar de tudo, continuar a luta. Toda nossa região terráquea teria de se transformar em um acampamento militar sob vigilância contínua. O medo de maiores conquistas de nossa parte e o grande ódio racial dirigiriam todas as forças das tribos terráqueas à preparação e à organização de guerras contra nós. Se já agora suas armas são muito mais aperfeiçoadas que seus meios de produção, nesse caso o progresso da técnica de extermínio correrá entre eles de modo muito mais acelerado. Ao mesmo tempo, vão procurar e aguardar a oportunidade para uma repentina declaração de guerra e, se forem bem-sucedidos, sem dúvida nos trarão grandes perdas irrecuperáveis, ainda que o caso termine em vitória nossa. Além disso, não é nada impossível que eles, por algum meio, descubram a composição de nossa principal arma. A matéria irradiante eles já conhecem, e o método de seu decaimento acelerado pode ser descoberto por eles, de alguma forma, a partir de nós ou mesmo por um de seus cientistas, de maneira independente. Mas vocês sabem que, com uma arma como essa, aquele que se antecipa, por alguns instantes, ao ataque de seu adversário o extermina inevitavelmente; e destruir toda a vida superior, nesse caso, é tão fácil quanto a mais elementar.

"Como seria a existência de nossos camaradas em meio a esses perigos e a essa eterna apreensão? Seriam envenenadas não só todas as suas alegrias de vida, mas o próprio tipo seria rapidamente pervertido e degradado. Penetrariam neles, aos poucos, a desconfiança, a vingança, a sede egoísta da autopreservação e a crueldade que lhe é intrínseca. Essa colônia deixaria de ser *nossa* e se transformaria em uma república militar em meio às tribos derrotadas e sempre hostis. Os ataques repetidos e as vítimas deles resultantes não só gerariam o sentimento de vingança e raiva que deturpam a imagem humana que nos é cara, mas também forçariam objetivamente a passar da autodefesa para uma ofensiva impiedosa. E, no fim das contas, depois de longas oscilações e desperdício das forças infrutíferas e agonizantes, o caso resultaria na colocação daquela questão que nós, seres conscientes e capazes de prever o percurso dos acontecimentos, deveríamos ter aceitado desde o início: *a colonização da Terra exige o completo extermínio da humanidade terráquea.*"

147

(Entre as centenas de ouvintes, percorre um murmúrio de pavor, do qual sobressai uma exclamação alta e indignada de Netty. Quando o silêncio é restabelecido, Sterny continua com tranquilidade.)

– É preciso *compreender* a necessidade e olhar-lhe fundo nos olhos, não importa quão dura ela seja. Temos duas opções: ou a interrupção do desenvolvimento de nossa vida, ou o extermínio da vida alheia na Terra. Uma terceira opção não temos (*a voz de Netty: "Mentira!"*). Eu sei o que Netty tem em vista quando protesta contra minhas palavras, e agora vou desmantelar aquela terceira possibilidade que ela sugere.

"É a tentativa de uma reeducação socialista imediata da humanidade terráquea, plano ao qual todos nós ainda há pouco tendíamos e do qual, agora, em minha opinião, devemos desistir imediatamente. Já sabemos o suficiente sobre as pessoas da Terra para compreender toda a impossibilidade de realizar essa ideia.

"O nível de cultura dos povos mais avançados da Terra corresponde de modo aproximado àquele em que estavam nossos antepassados na época da escavação dos Grandes Canais. Lá também reina o capitalismo e existe o proletariado que empreende a luta pelo socialismo. A julgar por isso, poderíamos pensar que já está próximo o momento de virada que eliminará o sistema da violência organizada e criará a possibilidade de um desenvolvimento livre e rápido da vida humana. Mas o capitalismo terráqueo tem particularidades importantes que mudam muito a situação.

"Por um lado, o mundo terráqueo está terrivelmente fragmentado pelas divisões políticas nacionais, de modo que a luta pelo socialismo é empreendida não como um processo íntegro em uma única e vasta sociedade, mas com toda uma série de processos autônomos e peculiares em sociedades isoladas, desconectadas pela organização estatal, pela língua e, às vezes, pelas raças. Por outro lado, ali, as formas de luta social são muito mais rústicas e mecânicas do que foram entre nós, e nelas a violência material direta, encarnada em exércitos constantes e revoltas armadas, desempenha um papel muito maior.

"Graças a tudo isso, ocorre que a questão da revolução social se torna muito indefinida: a previsão não é de uma, mas de uma

ESTRELA VERMELHA

multiplicidade de revoluções sociais, em países diferentes e em épocas distintas, até, provavelmente, de caráter muito desigual, e o principal: com um resultado duvidoso e instável. As classes dominantes, apoiando-se no Exército e na elevada tecnologia militar, podem em alguns casos impor ao proletariado rebelde tamanha derrota destrutiva que, nos Estados de vastos territórios, jogaria para trás, em dezenas de anos, a causa da luta pelo socialismo; e exemplos desse gênero já tiveram lugar nas crônicas da Terra. Em seguida, alguns países avançados nos quais o socialismo triunfará se transformarão em ilhas em meio a um mar capitalista hostil e, em parte, até pré-capitalista. Ao lutar por manter seu domínio, as classes superiores dos países não socialistas dirigirão todos os seus esforços para destruir essas ilhas, vão organizar ataques militares contra eles continuamente e encontrarão, entre antigos proprietários, grandes e pequenos, das nações socialistas, aliados suficientes, dispostos a aceitar qualquer governo. O resultado desses conflitos é difícil de prever. Mas, mesmo ali onde o socialismo se mantiver e sair vitorioso, seu caráter será deturpado profunda e longamente por muitos anos de posição de cerco, terror necessário e militarismo, com uma consequência inevitável: o patriotismo bárbaro. Estará longe de ser o nosso socialismo.

"A tarefa da nossa intervenção deveria consistir, de acordo com nossos planos anteriores, em acelerar e auxiliar o triunfo do socialismo. Por qual meio nos seria possível fazer isso? Em primeiro lugar, poderíamos transferir às pessoas da Terra nossa técnica, nossa ciência e nosso saber para dominar as forças da natureza e, com isso, elevar de uma vez sua cultura de tal modo que as formas atrasadas da vida econômica e política entrarão em uma contradição drástica demais com ela e cairão, em virtude de sua inutilidade. Em segundo lugar, poderíamos apoiar diretamente o proletariado socialista em sua luta revolucionária e ajudá-lo a quebrar a resistência das demais classes. Outros meios não há. Mas será que esses dois meios atingiriam seu objetivo? Agora sabemos o suficiente para dar uma resposta decisiva: não!

"Qual será o resultado da transmissão aos terráqueos de nossos conhecimentos e métodos técnicos?

"Os primeiros a dominá-los a seu favor e aumentar por meio deles sua força serão as classes *dominantes* de todos os países. Isso é inevitável, porque em suas mãos se encontram todos os meios materiais do trabalho e 99% dos cientistas e engenheiros estão a seu serviço, portanto, vão pertencer a eles todas as *possibilidades de aplicação* da nova técnica. Tirarão proveito dela exatamente na medida em que lhes for útil e na medida em que ela aumentar seu poder sobre as massas. Mais que isso: aqueles meios novos e poderosos de extermínio e destruição que cairão, nesse caso, em suas mãos, eles tentarão utilizar imediatamente para reprimir o proletariado socialista. Multiplicarão suas perseguições e organizarão uma ampla provocação para atraí-lo o mais rápido possível à luta aberta e, nessa luta, esmagar suas melhores e mais conscientes forças, decapitá-lo ideologicamente antes que ele tenha, por sua vez, a oportunidade de dominar os novos e melhores métodos da violência militar. Desse modo, nossa interferência servirá como um impulso para a reação a partir de cima e, ao mesmo tempo, lhe entregará uma arma de força jamais vista. No fim das contas, isso retardará a luta pelo socialismo em dezenas de anos.

"E o que teríamos conseguido com as tentativas de prestar auxílio direto ao proletariado socialista contra seus inimigos?

"Suponhamos – pois isso ainda não está certo – que ele aceitasse a aliança conosco. As primeiras vitórias seriam fáceis de conquistar. Mas o que viria depois? O desenvolvimento inevitável, entre todas as outras classes da sociedade, do patriotismo mais violento e furioso dirigido contra nós e contra os socialistas da Terra... O proletariado ainda representa uma minoria em quase todos os países da Terra, mesmo os mais avançados; a maioria faz parte dos remanescentes das classes dos pequenos proprietários, as massas mais ignorantes e obtusas, que ainda não tiveram tempo de se decompor. Incitar todos até o extremo contra o proletariado será então muito fácil para os grandes proprietários e seus serviçais mais próximos – funcionários e cientistas –, porque essas massas, conservadoras e até, em parte, reacionárias em sua essência, reagem de modo extremamente doloroso a qualquer progresso acelerado. A vanguarda do proletariado, cercado por todos os lados por inimigos extremamente furiosos e impiedosos –

ESTRELA VERMELHA

se juntarão a estes também as vastas camadas dos proletários atrasados em seu desenvolvimento –, vai se encontrar na mesma posição insustentável na qual estariam nossos colonos em meio às tribos terráqueas vencidas. Haverá inúmeros ataques traiçoeiros, *pogroms*, massacres e, o principal, toda a posição do proletariado na sociedade será extremamente desfavorável para liderar a transformação da sociedade. Novamente, nossa intervenção não adiantará, mas retardará a revolução social.

"O tempo dessa revolução, sendo assim, permanece indefinido, e não depende de nós acelerá-lo. Em todo caso, haveríamos de esperá-la por muito mais tempo, o que nos é impossível. Já dentro de trinta anos, teremos um excedente populacional de cerca de 15-20 milhões, e depois, a cada ano, ele crescerá mais 20-25 milhões. É precisão *de antemão* conduzir uma colonização significativa; caso contrário, não teremos forças nem meios para realizá-la logo e nas proporções necessárias.

"Além disso, é mais que duvidoso se conseguiríamos nos entender pacificamente mesmo com as sociedades socialistas da Terra, ainda que elas se formem de modo inesperadamente rápido. Como eu já disse, esse socialismo será muito diferente do nosso.

"Os séculos de fragmentação nacional, de incompreensão mútua, de luta brutal e sangrenta não poderiam passar em vão – deixarão por muito tempo marcas profundas na psicologia da humanidade terráquea libertada; e nós não sabemos quanta barbaridade e limitação os socialistas da Terra carregariam consigo em sua nova sociedade.

"Temos diante de nós uma experiência evidente que permite julgar em que medida estamos distantes da psicologia da Terra, mesmo a de seus melhores representantes. Da última expedição, trouxemos conosco um socialista terráqueo, uma pessoa que se sobressai em seu meio pela força de seu espírito e por sua saúde física. E o que aconteceu? Toda nossa vida se mostrou tão estranha a ele, em tamanha contradição com toda sua natureza, que, tendo passado tão pouco tempo, já está sofrendo de um profundo distúrbio psíquico.

"Este é um dos melhores, escolhido entre muitos pelo próprio Menny. O que poderíamos esperar dos demais?

"Então, o dilema permanece o mesmo: ou a interrupção de nossa própria reprodução e, com isso, o enfraquecimento de todo o desenvolvimento da nossa vida, ou a colonização da Terra baseada no extermínio de toda sua humanidade.

"Digo extermínio de toda sua humanidade porque não podemos abrir uma exceção nem mesmo para sua vanguarda socialista. Não há, em primeiro lugar, nenhuma possibilidade técnica de separar, em meio à destruição geral, essa vanguarda das massas restantes, em meio às quais ela representa uma parte insignificante. E, em segundo lugar, se conseguíssemos preservar os socialistas, eles mesmos, depois, travariam contra nós uma guerra feroz e impiedosa, sacrificando-se nela até o completo extermínio, porque nunca poderiam aceitar a matança de centenas de milhões de pessoas semelhantes a eles e ligadas a eles por diversos vínculos, por vezes muito estreitos. Nesse caso, a colisão de dois mundos não daria lugar a um pacto.

"Temos de escolher. E digo: devemos escolher apenas um caminho.

"Não se pode sacrificar a vida superior em prol da inferior. Entre os terráqueos, não deve haver nem alguns milhões que aspirem conscientemente a um tipo de vida verdadeiramente humano. Em prol dessas pessoas embrionárias, não podemos desperdiçar a oportunidade de gerar e desenvolver centenas de milhões de seres do nosso mundo – seres humanos no sentido muito mais pleno dessa palavra. Em nossas ações não haverá crueldade, porque saberemos conduzir esse extermínio com sofrimentos muito menores para eles que aqueles que eles mesmos, o tempo todo, causam uns aos outros.

"A vida universal é uma. E, para ela, não será uma perda, e sim uma aquisição, se, na Terra, em vez de seu socialismo semibárbaro e ainda distante, se desenvolvesse, agora mesmo, *o nosso* socialismo, uma vida muito mais harmoniosa em seu desenvolvimento sem interrupções nem limites.

(Depois do discurso de Sterny, instaura-se, primeiramente, um profundo silêncio. Ele é interrompido por Menny, que convida a falar aqueles que tiverem opinião contrária. Netty toma a palavra.)

8. Netty

– "A vida universal é una" – foi o que disse Sterny. "E o que ele nos propôs? Extinguir, exterminar para sempre todo um tipo peculiar dessa vida, um tipo que, depois, nós nunca poderemos nem restabelecer nem substituir.

"Por centenas de milhões de anos, vivia um planeta maravilhoso, vivia sua vida particular, diferente das outras... E, então, de suas poderosas forças naturais começou a se organizar uma consciência; elevando-se em uma luta cruel e difícil dos degraus inferiores aos superiores, ela, finalmente, tomou formas *humanas* que nos são próximas, familiares. Mas são formas *diferentes* daquelas que temos: nelas, refletiu-se e concentrou-se a história de outra natureza, de outra luta; nelas, está oculta outra força da natureza, nelas, encerram-se outras contradições, outras possibilidades de desenvolvimento. Chegou a época em que, pela primeira vez, de duas grandiosas linhas da vida pode realizar-se uma união. Quantas novas variedades, que harmonia superior deve surgir dessa combinação! E então nos dizem: a vida universal é una, por isso não devemos uni-la, mas... destruí-la.

"Quando Sterny apontou em que medida a humanidade da Terra, sua história, seus costumes, sua psicologia diferem dos nossos, ele refutou sua própria ideia de uma forma quase melhor do que eu posso fazê-lo. Se eles fossem totalmente parecidos conosco em tudo, exceto pelo grau de desenvolvimento, se eles fossem aquilo que eram nossos antepassados na época de nosso capitalismo, então seria possível concordar com Sterny: vale a pena sacrificar um degrau inferior em prol do superior, os fracos em prol dos fortes. Mas as pessoas terráqueas não são assim, elas não são meramente inferiores e mais fracas que nós em termos culturais – elas são diferentes de nós e, portanto, ao eliminá-las, não as substituiremos no desenvolvimento universal, apenas as substituiremos mecanicamente, por nós mesmos, aquele vazio que criaremos no reino das formas de vida.

"Não é na barbaridade, não é na crueldade da cultura terráquea que se encerra sua verdadeira diferença em relação a nossa. A barbárie e a crueldade são apenas manifestações passageiras daquele *desperdício* geral que distingue o processo de desenvolvimento de toda a vida da Terra. Ali a luta pela existência é mais enérgica e tensa, a natureza o tempo todo cria muito mais formas, porém, bem mais delas são sacrificadas como vítimas do desenvolvimento. E não pode ser diferente, porque da fonte da vida – do Sol – a Terra, ao todo, recebe oito vezes mais raios de energia que nosso planeta. É por isso que lá se desperdiça e se espalha tanta vida, é por isso que na variedade de suas formas surgem tantas contradições e todo o caminho de sua reconciliação é tão tortuosamente complicado e cheio de desgastes. Nos reinos das plantas e dos animais, milhões de espécies lutavam com ferocidade e de modo rápido expulsavam umas às outras, participando com sua vida e sua morte na elaboração de tipos novos, mais acabados, harmoniosos e sintéticos. Foi assim também no reino dos humanos.

"Nossa história, se compararmos com a história da humanidade terráquea, parece surpreendentemente simples, livre de divagações e correta até o ponto de parecer esquemática. Tranquila e ininterruptamente corria o acúmulo dos elementos do socialismo: desapareciam os pequenos proprietários, subia de degrau em degrau o proletariado; tudo isso acontecia sem oscilações nem impulsos em toda a extensão do planeta, unido em um todo político interligado. Era conduzida a luta, mas as pessoas, de algum modo, entendiam umas às outras; o proletariado não queria olhar muito adiante, mas também a burguesia não era utópica em sua natureza reacionária; as diferentes épocas e formações sociais não se misturavam a tal grau como na Terra, onde em um país de capitalismo superior é possível encontrar, ainda, um reacionarismo feudal, e o numeroso campesinato, atrasado em sua cultura por todo um período histórico, frequentemente serve às classes superiores de instrumento de opressão do proletariado. Trilhando um caminho suave e sem percalços, chegamos há algumas gerações a uma ordem social que emancipa e reúne todas as forças do desenvolvimento social.

"Não foi esse o caminho percorrido por nossos irmãos terráqueos – espinhoso, com muitas viragens e interrupções. Poucos de nós sabem, e nenhum de nós é capaz de imaginar com clareza, até que grau de insanidade, nos povos mais cultivados da Terra, foi levada a arte de torturar as pessoas pelas organizações ideológicas e políticas de dominação em mãos das classes superiores: a Igreja e o Estado. E qual foi o resultado? Retardou-se o desenvolvimento? Não, não temos fundamento para afirmá-lo, porque, embora os primeiros estágios do capitalismo até o nascimento da consciência proletária socialista tenham sido percorridos entre a confusão e a luta cruel de várias formações, isso não ocorreu de maneira mais lenta, e sim mais acelerada que entre nós – onde se deu em transições mais graduais e mais tranquilas. No entanto, o próprio caráter severo e impiedoso da luta gerou nos combatentes tamanho enlevo de energia e paixão, tamanha força do heroísmo e do martírio, que não se conheceram na luta mais moderada e menos trágica de nossos antepassados. E nisso o tipo de vida terráqueo não é inferior, mas superior ao nosso, embora nós, mais velhos em termos de cultura, nos encontremos em um degrau muito mais alto.

"A humanidade terráquea está fragmentada, suas raças e suas nações isoladas se fundiram profundamente a seus territórios, elas falam diferentes línguas, e a profunda incompreensão mútua penetra em todas as suas relações da vida... Tudo isso está certo, mas também está certo que a união humana universal que, com grandes dificuldades, abre para si o caminho através de todas essas fronteiras, será alcançada consideravelmente mais tarde por nossos irmãos terráqueos do que foi por nós. Essa fragmentação surgiu como consequência da vastidão do mundo terrestre, da riqueza e da variedade de sua natureza. Isso leva ao surgimento de muitos pontos de vista e de matizes diferentes na compreensão do universo. Por acaso tudo isso coloca a Terra e suas pessoas em um nível inferior, e não superior, em relação ao nosso mundo em épocas análogas de sua história?

"Até mesmo a distinção mecânica das línguas que eles falam ajudou e muito no desenvolvimento de seu modo de pensar, libertando a compreensão do poder bruto das palavras por meio das quais se expressam. Comparem a filosofia das pessoas terráqueas com a filosofia de nossos antepassados capitalistas. A filosofia da Terra não só é mais variada, como também mais sutil, não só parte de um material mais complexo, como, ainda, em suas melhores escolas, analisa-o mais profunda e certeiramente, estabelecendo a relação entre os fatos e os conceitos. Evidentemente, qualquer tipo de filosofia é uma expressão da fraqueza e da descontinuidade do conhecimento, da insuficiência do desenvolvimento científico; é uma tentativa de oferecer um único quadro da existência preenchendo com especulações as lacunas da experiência científica; por isso a filosofia será eliminada na Terra do mesmo modo como foi eliminada entre nós pelo monismo da ciência. Mas vejam quantas proposições da filosofia criada por seus pensadores e combatentes avançados antecipam, em traços grosseiros, as descobertas de nossa ciência: é assim quase toda a filosofia social criada pelos socialistas. Está claro que as tribos que superaram nossos antepassados na criação filosófica podem, posteriormente, superar a nós mesmos na criação científica.

"E Sterny quer medir essa humanidade com o cálculo dos justos – dos socialistas conscientes que ela, agora, encerra em si –, quer julgá-la por suas contradições atuais, e não por aquelas forças que as geraram e que, a seu tempo, solucionarão essas contradições. Ele quer secar para todo o sempre esse oceano revolto, mas maravilhoso, da vida!

"Com firmeza e resolutamente, devemos lhe responder: *nunca*!

"Devemos preparar nossa futura união com a humanidade da Terra. Não podemos acelerar de modo considerável sua passagem a uma ordem livre: mas o pouco que está a nosso alcance fazer, devemos fazer. Se não conseguimos proteger dos sofrimentos desnecessários da doença o primeiro emissário da Terra entre nós, é uma desonra para nós e não para ele. Felizmente, ele logo estará curado e, mesmo se, no fim das contas, essa aproximação rápida demais com uma vida que lhe é estranha o matar, ele ainda terá feito muito para a futura união de dois mundos.

"Quanto a nossas próprias dificuldades e ameaças, devemos superá-las por outros caminhos. É preciso dirigir novas forças científicas à sintetização das substâncias proteicas, é preciso preparar, na medida do possível, a colonização de Vênus. Se não conseguirmos resolver essas tarefas no curto prazo que nos restou, será preciso, temporariamente, diminuir a natalidade. Que obstetra racional não sacrificaria a vida de um bebê ainda não nascido para preservar a vida de uma mulher? Também nós devemos, se isso for necessário, sacrificar uma parcela de nossa vida que ainda não existe em prol daquela vida ainda alheia que existe e se desenvolve. A união dos mundos compensará infinitamente esse sacrifício.

"A unidade da vida é o mais alto objetivo, e o amor, a mais alta razão!

(Um silêncio profundo. Em seguida, Menny toma a palavra.)

9. Menny

– Observei atentamente a reação dos camaradas e vejo que, em sua maioria, estão do lado de Netty. Estou muito contente com isso, porque esse também é, em linhas gerais, meu ponto de vista. Acrescentarei apenas uma consideração prática que me parece muito importante. Há um sério perigo de que, no presente momento, nem mesmo teríamos recursos técnicos suficientes para empreender uma tentativa de colonização em massa dos outros planetas.

"Podemos construir dezenas de milhares de grandes eteronaves e ainda acontecer de não haver com que colocá-las em movimento. Teríamos de gastar centenas de vezes mais do que gastamos até agora da matéria irradiante que serve de propulsor necessário. Entretanto, todas as jazidas conhecidas por nós estão se esgotando, e as novas estão sendo descobertas cada vez mais raramente.

"Não devemos nos esquecer de que precisamos constantemente da radiomatéria, não só para conferir às eteronaves sua tremenda velocidade. Vocês sabem que toda nossa técnica química se baseia, agora, nessas substâncias. Nós as consumimos na produção da "matéria-menos", sem a qual essas mesmas eteronaves e nossos incontáveis aeroplanadores se transformam em imprestáveis caixas pesadas. Não podemos sacrificar esse uso necessário da matéria ativa.

"Mas o pior de tudo é que a única alternativa possível à colonização – a síntese de proteínas – pode se mostrar irrealizável por causa da mesma falta das substâncias irradiantes. Em função da enorme complexidade de sua composição, uma síntese de proteínas tecnicamente fácil e conveniente para a produção industrial é impossível se seguirmos os métodos antigos da síntese, métodos de complexidade gradativa. Nesse caminho, como vocês sabem, já há alguns anos, conseguimos obter as proteínas artificiais, mas em quantidade insignificante e com grande consumo de energia e tempo, de modo que todo o trabalho possui uma importância apenas teórica. A produção maciça de proteínas com base em um material inorgânico é possível apenas por meio daquelas alterações bruscas e rápidas da composição química que conseguimos como resultado da ação dos elementos instáveis sobre a matéria estável comum. Para obter sucesso nessa direção, dezenas de milhares de trabalhadores terão de se ocupar especialmente da pesquisa da síntese de proteínas e milhões das mais variadas novas experiências terão de ser realizadas. Para isso, e depois, em caso de sucesso, para a produção maciça de proteínas, será novamente necessário gastar enormes quantidades da matéria ativa, as quais hoje não temos à nossa disposição.

"Desse modo, independentemente de que ponto de vista olharmos, apenas poderemos garantir uma solução bem-sucedida da questão que nos ocupa caso encontremos novas fontes de radioelementos. Mas onde procurá-las? Evidentemente, em outros planetas, isto é, ou na Terra, ou em Vênus; e, para mim, não há dúvida de que a primeira tentativa deve ser feita justamente em Vênus.

"Em relação à Terra, é possível *supor* que há, ali, ricas reservas de elementos ativos. Em relação à Vênus, isso já foi plenamente *estabelecido*. Das jazidas terráqueas, nós não sabemos muito, porque aquelas que foram encontradas pelos cientistas terráqueos, infelizmente, não valem nada. As jazidas em Vênus já descobrimos desde os primeiros passos de nossa expedição. Na Terra, os principais depósitos, pelo visto, devem estar localizados como aqui, ou seja, profundamente em relação à superfície. Em Vênus, alguns deles se encontram tão próximos da superfície que sua radiação foi detectada, imediatamente, por meio de fotografia. Para procurar

ESTRELA VERMELHA

o rádio na Terra, seria preciso escavar todos os seus continentes, como fizemos em nosso planeta; isso pode levar dezenas de anos, e ainda correndo o risco de termos frustradas nossas expectativas. Em Vênus, basta extrair aquilo que já foi encontrado, e isso pode ser feito sem mais delongas.

"Por isso, não importa como decidamos, posteriormente, a questão da colonização em massa; a fim de garantir a possibilidade dessa decisão, é necessário, e estou plenamente convencido disso, realizar agora mesmo a colonização de Vênus, em escala pequena e talvez de modo temporário, com o único objetivo de extrair a matéria ativa.

"Os obstáculos naturais, é claro, são enormes, mas de modo algum necessitamos superá-los por completo agora. Devemos dominar apenas uma pequena porção desse planeta. Em essência, tudo se resume a uma grande expedição que deverá passar ali não meses, como nossas expedições precedentes, mas anos inteiros ocupando-se da extração do rádio. Uma luta enérgica contra as condições naturais terá, é claro, de ser conduzida simultaneamente, garantindo a proteção em relação ao clima nocivo, a doenças desconhecidas e a outros perigos. Haverá grandes sacrifícios; é possível que apenas uma pequena parte da expedição retorne. Mas fazer essa tentativa é imprescindível.

"O lugar mais adequado para o início é, segundo muitos de nossos dados, a Ilha das Tempestades Quentes. Estudei com minúcia sua natureza e fiz um plano detalhado da organização de toda a missão. Se vocês, camaradas, considerarem possível discuti-lo agora, eu, imediatamente, lhes apresento.

(Ninguém se pronunciou contrariamente, e Menny passou à apresentação de seu plano, com todos os detalhes técnicos analisados à exaustão. Ao término do discurso, tomaram a palavra novos oradores, mas todos falaram excepcionalmente sobre questões pontuais do plano de Menny. Alguns expressaram desconfiança com relação ao sucesso da expedição, mas todos concordaram que era preciso tentar. Como conclusão, foi encaminhada a resolução proposta por Menny.)

10. O assassinato

Aquele torpor profundo em que eu me encontrava afastava qualquer tentativa de concatenar as ideias. Eu apenas sentia uma dor fria, que apertava como um anel de ferro meu coração e, ainda, com uma fúria de alucinação, erguia-se diante de minha consciência a enorme figura de Sterny, com sua face implacavelmente plácida. Todo o restante se esvanecia em um caos pesado e sombrio.

Como um autômato, saí da biblioteca e entrei na gôndola. O vento frio do voo veloz me obrigou a me envolver completamente na capa, e foi como se isso me inspirasse um novo pensamento que, de imediato, se congelou em minha consciência e se tornou indubitável: eu precisava ficar sozinho. Ao chegar em casa, sem demora, coloquei-o em execução – de maneira igualmente mecânica, como se quem agisse não fosse eu, mas outra pessoa.

Escrevi ao colegiado diretor da fábrica que estava me afastando temporariamente do trabalho. A Enno, disse que precisávamos nos separar por enquanto. Ela me olhou de modo inquieto, inquisitivo, e empalideceu, mas não disse uma só palavra. Apenas depois, no exato momento da partida, me perguntou se eu não queria ver Nella. Respondi: "Não" – e beijei Enno pela última vez.

Em seguida, mergulhei em um estupor mórbido. Havia uma dor fria e havia retalhos de pensamentos. Dos discursos de Netty e Menny, restou uma lembrança pálida, indiferente, como se tudo aquilo não tivesse importância nem interesse. Apenas uma vez, cintilou uma reflexão: "Sim, é por isso que Netty partiu: *tudo* depende da expedição". Surgiam, com nitidez e clareza, expressões isoladas e frases inteiras de Sterny: "É preciso *compreender* a necessidade... alguns milhões de embriões humanos... completo extermínio da humanidade terráquea... ele está sofrendo de uma grave doença psíquica..."[17]. Porém, não havia nem relação, nem conclusões. Às vezes, eu imaginava o extermínio da humanidade como um fato já consumado, mas de forma vaga e abstrata. A dor no coração se intensificava, e surgia a ideia de que eu era culpado

---

[17] No original, a citação das falas de Sterny não é literal. Preservamos essa variação na tradução.

por esse extermínio. Por um curto período de tempo, brotava a consciência de que isso ainda não acontecera e que, talvez, nem acontecesse. A dor, contudo, não cessava, e o pensamento constatava mais uma vez, lentamente: "Todos vão morrer... Anna Nikoláievna... o operário Vânia... Netty também, não... Netty vai ficar, ela é marciana... mas todos vão morrer... e não haverá crueldade, porque não haverá sofrimento... sim, foi o que disse Sterny... mas todos vão morrer, porque fiquei doente... quer dizer que sou culpado...". Os fragmentos de pesados pensamentos paralisavam, congelavam e permaneciam na consciência, frios, imóveis. E era como se o tempo parasse com eles.

Era um delírio torturante, incessante, sem saída. Fantasmas, fora de mim, não havia. Apenas um fantasma negro em minha alma, e ele era *tudo*. E ele não tinha fim, porque o tempo havia parado.

Veio a ideia do suicídio e ela perdurava, arrastando-se, mas não preenchia a consciência. O suicídio parecia inútil e entediante: por acaso ele poderia fazer cessar essa dor negra, que era *tudo*? Não havia fé no suicídio, porque não havia fé em minha existência. Existia a angústia, o frio, o odiável *tudo*, mas meu "eu" se esvanecia nisso como algo imperceptível, ínfimo, infinitamente pequeno. "Eu" não existia.

Por alguns instantes, minha consciência se tornava tão insuportável que surgia um desejo irresistível de atacar tudo que estivesse à minha volta, vivo ou morto, bater, destruir, eliminar sem deixar vestígios. Mas eu ainda tinha a consciência de que era insensato e infantil; cerrava os dentes e me continha.

Volta e meia, a lembrança de Sterny retornava e se detinha imóvel na consciência. Era, então, como se ele fosse o centro de toda a angústia e dor. Pouco a pouco, de maneira muito lenta, mas contínua, ao redor desse centro começou a se formar uma intenção, que depois se converteu em uma decisão clara e inabalável: "É preciso visitar Sterny". Para quê, por que motivos visitar, eu não saberia dizer. Apenas não restavam dúvidas de que eu o faria. E, ao mesmo tempo, era torturantemente difícil sair de minha imobilidade a fim de cumprir a decisão.

Por fim, chegou o dia em que tive energia suficiente para superar essa resistência interna. Entrei na gôndola e fui ao observatório dirigido por Sterny. No caminho, eu tentava raciocinar sobre o que falaria com ele; mas o frio no coração e o frio que me cercava paralisavam os pensamentos. Dentro de três horas, cheguei.

Ao entrar na grande sala do observatório, eu disse a um dos camaradas que ali trabalhava: "Preciso ver Sterny". O camarada foi ter com Sterny e, ao retornar em um minuto, comunicou-me que Sterny estava ocupado com a verificação dos instrumentos, mas em quinze minutos estaria livre, e, enquanto isso, seria mais conveniente esperar em seu escritório.

Conduziram-me ao escritório, eu me sentei na poltrona diante da escrivaninha e fiquei esperando. O escritório estava repleto de todo tipo de aparelhos e máquinas, em parte já conhecidos, em parte desconhecidos. À direita de minha poltrona, havia um pequeno instrumento em um pesado suporte metálico, que terminava com três perninhas, na mesa jazia um livro aberto sobre a Terra e seus habitantes. Maquinalmente, comecei a lê-lo, mas me detive já nas primeiras frases e caí em um estado próximo ao estupor anterior. No peito, porém, junto à habitual angústia, sentia ainda uma agitação convulsiva indeterminada. Assim passou não sei quanto tempo.

Ouviram-se no corredor passos pesados, e no cômodo entrou Sterny, com seu aspecto habitual, tranquilo, pragmático; ele se afundou na poltrona do outro lado da mesa e olhou para mim com um ar de interrogação. Fiquei em silêncio. Ele aguardou por cerca de um minuto e se dirigiu a mim com uma pergunta direta:

– Em que posso ajudar?

Continuei em silêncio e fiquei olhando para ele como para um objeto inanimado. Ele deu de ombros de modo quase imperceptível e se acomodou na poltrona como quem espera.

– O marido de Netty… – pronunciei com esforço e semiconsciente, e de fato não era a ele que me dirigia.

– Eu *fui* o marido de Netty – corrigiu ele com calma. – Nós nos separamos já há muito tempo.

– … O extermínio… não será… uma crueldade… – continuei, repetindo do mesmo modo lento e semiconsciente aquela ideia que se petrificara em meu cérebro.

ESTRELA VERMELHA

– Ah, é disso que você quer falar – disse ele com calma. – Mas agora não se trata mais disso. A decisão preliminar que foi tomada, como você sabe, é completamente outra.

– A decisão preliminar... – repeti mecanicamente.

– Quanto a meu plano de então – acrescentou Sterny –, embora eu não o tenha descartado por completo, devo dizer que não conseguiria defendê-lo com a mesma confiança.

– Não por completo... – repeti.

– Sua recuperação e a participação em nosso trabalho comum destruíram, em parte, minha argumentação...

– Extermínio... em parte – interrompi-o, e toda a angústia e todo o sofrimento devem ter se expressado com demasiada clareza em minha ironia inconsciente. Sterny empalideceu e olhou para mim preocupado. Instalou-se o silêncio.

E, de repente, com uma força inaudível e inefável, um anel frio de dor apertou meu coração. Recostei-me contra a poltrona para evitar um grito enlouquecido. Os dedos de minha mão agarraram convulsivamente algo duro e frio. Senti em minha mão uma arma fria, e uma dor de natureza indomável e irresistível converteu-se em um desespero furioso. Levantei-me da poltrona num salto e desferi um terrível golpe em Sterny. Uma das pernas do tripé lhe atingiu a têmpora, e ele, sem gritar, sem gemer, pendeu para o lado como um corpo inerte. Joguei minha arma e ela ressoou e retumbou sobre as máquinas. Estava tudo acabado.

Saí para o corredor e disse ao primeiro camarada que encontrei: "Matei Sterny". Ele empalideceu e entrou rapidamente no escritório, mas, ali, pelo visto, logo se convenceu de que a ajuda já não era mais necessária e imediatamente voltou até mim. Levou-me a sua sala e incumbiu outro camarada de chamar um médico pelo telefone e ir até Sterny, enquanto permaneceu comigo. Não se atrevia a falar comigo. Fui eu mesmo que perguntei:

– Enno está aqui?

– Não – respondeu ele –, ela partiu a fim de passar uns dias com Nella.

Novamente se instalou o silêncio até que chegasse o médico. Ele tentou me indagar sobre o ocorrido. Eu disse que não tinha

163

vontade de conversar. Então, ele me levou ao hospital psiquiátrico mais próximo.

Ali me ofereceram um quarto grande e confortável, e não me incomodaram por muito tempo. Era tudo o que eu poderia desejar.

Minha situação me parecia clara. Havia matado Sterny e, com isso, arruinara tudo. Os marcianos estavam vendo na prática o que podiam esperar da aproximação com os terráqueos. Eles estavam vendo que mesmo aquele considerado o mais capaz de se integrar à sua vida não poderia lhes trazer nada além de violência e morte; Sterny tinha sido assassinado, e sua ideia ressuscitava. A última esperança desaparecera, e o mundo da Terra estava condenado. E o culpado de tudo era eu.

Depois do assassinato, tais pensamentos rapidamente surgiram em minha cabeça e passaram a reinar mórbidos ali, junto com sua lembrança. Havia, no início, certo conforto em sua evidência fria. Mas, depois, a angústia e a dor voltaram a ganhar força, ao que parecia, até o infinito.

A isso se juntou uma profunda aversão a mim mesmo. Sentia-me um traidor de toda a humanidade. Cintilara uma vaga esperança de que os marcianos me matariam, mas logo veio a ideia de que eu lhes seria asqueroso demais e que o menosprezo os impediria de fazê-lo. Eles, é verdade, escondiam a aversão que tinham de mim, mas, apesar de seus esforços, eu a via com clareza.

Quanto tempo passei dessa maneira, não sei. Finalmente, o médico veio me visitar e me disse que eu precisava de uma mudança de cenário e que retornaria à Terra. Pensei que isso apenas escondia minha pena de morte iminente, mas não me opus. Apenas pedi para que meu corpo fosse jogado o mais longe possível de todos os planetas: ele podia profaná-los.

As impressões da viagem de volta são muito confusas em minha memória. Rostos familiares à minha volta não havia; eu não conversei com ninguém. Minha consciência estava emaranhada, e eu quase não notava nada ao redor. Para mim, tanto fazia.

PARTE IV

1. Com Werner

Não me lembro de que modo fui parar no hospital do doutor Werner, meu velho camarada. Era um hospital do *zemstvo*[18] de uma das províncias do norte que eu já conhecia desde antes pelas cartas de Werner; ficava a algumas verstas da capital da província, era muito desorganizado e estava sempre terrivelmente lotado, com um zelador extremamente hábil e um corpo médico insuficiente e açoitado pelo excesso de trabalho. O doutor Werner conduzia uma luta obstinada contra a direção muito liberal do *zemstvo* por causa do administrador, por causa dos blocos extras, que o governo construía com muita má vontade, por causa da igreja, que o governo desejava construir a todo custo, por causa dos salários dos funcionários, e assim por diante. Os pacientes eram bem-sucedidos em passar à total demência, em vez de se curarem, e além disso morriam de tuberculose como consequência da falta de ar fresco e de alimentação adequada. O próprio Werner, claro, teria ido embora dali há muito tempo, se as circunstâncias muito especiais ligadas a seu passado revolucionário não o tivessem forçado a ficar.

Mas todos os encantos do hospital do *zemstvo* não tiveram nenhum efeito sobre mim. Werner era um bom camarada e não

---

[18] Nome do sistema de administração local introduzido em 1864 por uma das reformas do tsar Alexandre II da Rússia.

hesitava em sacrificar suas comodidades em meu nome. Ele me ofereceu dois quartos de seu grande apartamento, cedido a ele como médico sênior, no terceiro alojou um médico jovem e, no quarto, sob o disfarce de cuidador de pacientes, um camarada que estava foragido. Eu não tinha, claro, o conforto de antes, e a vigilância, apesar de toda a delicadeza dos jovens camaradas, era muito mais rude e aparente que entre os marcianos, mas eu não dava a isso nenhuma importância.

O doutor Werner, assim como os médicos marcianos, quase não tratava de mim, dava-me apenas, de vez em quando, sedativos e se preocupava, principalmente, em me oferecer conforto e tranquilidade. Toda manhã e toda noite, passava em meu quarto depois do banho, preparado para mim pelos zelosos camaradas; mas passava só por um minutinho e se limitava a perguntar se eu estava precisando de alguma coisa. Como, durante os longos meses da doença, eu tinha perdido completamente o hábito de falar, respondia-lhes somente "não" ou nada lhes respondia. Entretanto, sua atenção me tocava e, ao mesmo tempo, eu considerava que não merecia tal tratamento e que deveria comunicar-lhe isso. Consegui, finalmente, reunir forças para lhe contar que eu era um assassino e um traidor, e que toda a humanidade pereceria por minha causa. Ele não se opôs a isso, apenas sorriu e, a partir de então, passou a me visitar com mais frequência.

Aos poucos, a mudança de cenário teve seu efeito benéfico. A dor que apertava o coração era cada vez mais fraca, a angústia esvanecia, as ideias se tornavam mais ativas e seus tons, mais claros. Comecei a sair do quarto, passeava no jardim e no bosque. Sempre havia um camarada por perto; isso era desagradável, mas eu entendia que não seria mesmo possível deixar um assassino à solta; às vezes, eu até conversava com eles, sobre assuntos desinteressados, é claro.

Era o início da primavera, e o renascer da vida à minha volta já não aguçava minhas lembranças torturantes; ao ouvir o chilrear dos pássaros, até encontrava um conforto triste quando pensava que eles permaneceriam e viveriam, pois só as pessoas estavam fadadas à morte. Certa vez, perto do bosque, veio a meu encontro um doente mental que carregava uma pá para trabalhar

ESTRELA VERMELHA

no campo. Ele se apressou em se apresentar a mim, e ainda com um orgulho descomunal – sofria de megalomania –, se passando por um sargento-policial: ao que parece, a mais alta patente que ele conhecera quando vivia em liberdade. Pela primeira vez durante toda minha doença, ri involuntariamente. Eu sentia a pátria à minha volta e, como Anteu, nutria-me, embora muito lentamente, de novas forças da terra natal.

2. Verdadeiro ou falso?

Quando comecei a pensar mais sobre os que estavam à minha volta, quis saber se Werner e os outros dois camaradas tinham conhecimento do que acontecera comigo e do que eu tinha feito. Perguntei a Werner quem tinha me trazido ao hospital. Ele respondeu que eu viera com dois jovens desconhecidos que não lhe podiam comunicar nada de importante sobre minha doença. Disseram que haviam me encontrado na capital por acaso e muito doente, que já me conheciam desde antes da revolução e, naquela época, tinham ouvido de mim sobre o doutor Werner, por isso decidiram se dirigir a ele. Partiram no mesmo dia. Werner os considerou pessoas confiáveis, nas quais não havia razão para não acreditar. Ele mesmo tinha perdido contato comigo já havia alguns anos e não conseguia obter de ninguém qualquer notícia sobre mim...

Quis contar a Werner do assassinato que eu cometera, mas isso me parecia extremamente difícil em razão da complexidade e da multiplicidade das circunstâncias, as quais qualquer pessoa imparcial deveria achar muito estranhas. Expliquei minha dificuldade a Werner e recebi dele uma resposta inesperada:

– O melhor que você pode fazer agora é não me contar absolutamente nada. É nocivo à sua recuperação. Discutir com você, claro, eu não vou, mas, em todo caso, tampouco vou acreditar na sua história. Você está padecendo de melancolia, uma doença na qual as pessoas atribuem a si mesmas crimes inacreditáveis com toda a sinceridade, e sua memória, adaptando-se ao delírio, cria falsas lembranças. Mas você também não vai acreditar em mim enquanto não estiver bem; por isso, é melhor adiar sua história até lá.

167

ALEKSANDR BOGDÁNOV

Se essa conversa tivesse acontecido alguns meses antes, eu, sem dúvida, teria visto nas palavras de Werner a maior desconfiança e o maior desprezo em relação a mim. Mas agora, quando minha alma já ansiava por repouso e tranquilidade, tratei o caso de maneira bem diferente. Eu gostava de pensar que os camaradas não tinham conhecimento de meu crime e que a própria ocorrência dele poderia, ainda, ser posta em dúvida legalmente. Eu pensava nisso mais raramente e com menor frequência.

A recuperação foi ficando mais rápida; apenas de vez em quando voltavam os ataques da antiga angústia, que sempre duravam pouco. Werner estava nitidamente satisfeito comigo e até quase tirou a supervisão médica sobre mim. Certa vez, ao lembrar sua opinião sobre meu "delírio", pedi-lhe que me emprestasse para ler uma história típica de uma doença como a minha, uma história semelhante que tivesse observado e anotado no hospital. Com grande hesitação e uma clara relutância, atendeu meu pedido. De uma pilha volumosa de prontuários, ele, diante de mim, escolheu um e me entregou.

Tratava-se ali de um camponês de uma aldeia longínqua e remota, que, por força da necessidade, foi ganhar o pão na capital, em uma de suas maiores fábricas. A vida da cidade grande, pelo visto, tinha-o deixado aturdido, e, de acordo com sua esposa, era como se ele, por um bom tempo, tivesse ficado "fora de si". Isso passou, e depois ele viveu e trabalhou como os demais. Quando eclodiu uma greve na fábrica, ele cerrou fileiras com seus camaradas. A greve foi longa e obstinada; tanto ele quanto a esposa e o filho passaram muita fome. De repente, ele "ficou triste" e começou a se repreender por ter casado e tido um filho, e, de modo geral, por não ter vivido conforme a "vontade de Deus".

Em seguida, ele começou a "não falar coisa com coisa" e foi levado ao hospital, e depois do hospital para a enfermaria daquela província de onde vinha. Ele afirmava que havia furado a greve e entregado os camaradas, inclusive um "bom engenheiro" que apoiava a greve em segredo e acabou enforcado pelo governo. Por coincidência, eu conhecia bem toda a história daquela greve – na época eu trabalhava na capital; na verdade, não houve nenhuma traição, e o "bom engenheiro" não só não foi executado como nem sequer foi preso. A doença do operário terminou em recuperação.

Essa história deu novo tom a meus pensamentos. Comecei a duvidar se eu, de fato, tinha cometido o assassinato ou se, talvez, como dizia Werner, aquilo era a "acomodação da memória ao delírio da melancolia". Naquela época, todas as minhas lembranças da vida entre os marcianos eram estranhamente vagas e pálidas, em muito até fragmentárias e incompletas; embora o quadro do crime aparecesse na memória com mais clareza, mesmo ele, de algum modo, emaranhava-se e esmaecia-se diante das impressões simples e claras do presente. Por vezes, eu espantava as dúvidas covardes e tranquilizadoras, e compreendia com clareza que tudo aquilo *era* verdade e não havia como mudá-la. Mas, depois, as dúvidas e os sofismas retornavam; eles me ajudavam a me livrar dos pensamentos sobre o passado. As pessoas acreditam com tanto gosto naquilo que as agrada... Embora, em algum lugar no fundo da minha alma, permanecesse a consciência de que aquilo era enganoso, eu teimava em me entregar a ela como se entrega a doces sonhos.

Hoje acho que, sem essa autossugestão enganosa, minha recuperação não seria nem tão rápida nem tão plena.

3. A vida da pátria

Werner zelava por afastar de mim quaisquer impressões que pudessem ser "nocivas" à minha saúde. Ele não me permitia visitá-lo no próprio hospital e, de todos os doentes mentais que se encontravam ali, só pude observar os doentes mentais incuráveis e os degenerados que estavam soltos para se ocupar com todo tipo de trabalho no campo, no bosque e no jardim – mas isso, para dizer a verdade, não me interessava: detesto tudo o que é sem esperança, desnecessário e fatal. Eu queria ver os pacientes graves e justamente aqueles que ainda podiam se recuperar, sobretudo os melancólicos e os maníacos alegres. Werner me prometeu que ele mesmo os mostraria a mim quando minha recuperação tivesse avançado o suficiente, mas continuava adiando. E acabou que nunca aconteceu.

Werner tentava me isolar mais ainda da vida política de minha pátria. Pelo visto, considerava que a própria doença era fruto das pesadas impressões da revolução; nem desconfiava de que, durante todo aquele tempo, eu estivera separado da pátria, sem nem mesmo ter como saber o que acontecia aqui. Essa minha completa ignorância, ele considerava um simples esquecimento causado pela doença e o achava muito útil para mim; e ele mesmo não só não me contava nada desse assunto como proibiu também meus vigias de fazê-lo; em todo seu apartamento não havia um único jornal, nem um único livro, uma revista sequer dos últimos anos: tudo isso estava guardado em seu consultório no hospital. Eu tive de viver numa ilha politicamente inabitada.

No início, eu desejava apenas tranquilidade e silêncio, e gostava dessa situação. Mas, depois, com o acúmulo das forças, passei a me sentir cada vez mais apertado nessa concha; comecei a importunar com perguntas meus companheiros, mas eles, obedientes às ordens do médico, recusavam-se a me responder. Era enfadonho e tedioso. Pus-me a buscar os meios de sair dessa quarentena política e tentei convencer Werner de que eu já estava suficientemente são para ler os jornais. Mas era tudo em vão: Werner explicou que era prematuro e que seria ele a decidir quando eu poderia mudar minha dieta mental.

Restava recorrer à astúcia. Eu tinha de encontrar um cúmplice entre os que estavam a meu redor. Seria muito difícil convencer o enfermeiro: ele tinha ideias elevadas demais sobre seu dever profissional. Dirigi meus esforços a outro vigia, o camarada Vladímir. Nele não encontrei grande resistência.

Vladímir tinha sido operário. Sem instrução e quase um menino em idade, era um soldado comum da revolução, mas já testado. Durante um famoso *pogrom*, em que muitos camaradas morreram à bala ou nas chamas do incêndio, ele abriu um caminho na multidão de destruidores, matando a tiros algumas pessoas, e, por algum tipo de sorte, não sofreu nenhum ferimento. Em seguida, durante muito tempo, vagou clandestino por diferentes cidades e povoados, desempenhando o papel modesto e perigoso de transportador de armas e literatura. Por fim, a terra esquentou demais sob seus pés e ele foi obrigado a se esconder por um tempo com Werner. De tudo isso, claro, fiquei sabendo só mais tarde. Desde o início, porém, notei que o jovem se incomodava muito com sua falta de instrução e dificuldade nos estudos autodidatas, devido à ausência de uma disciplina científica prévia. Comecei a estudar com ele; a coisa ia bem, e logo conquistei para sempre seu coração. Já o próximo passo foi fácil; de modo geral, Vladímir não compreendia bem as considerações médicas, e armamos entre nós uma pequena conspiração que neutralizou o rigor de Werner. Os relatos de Vladímir, os jornais, as revistas, os panfletos políticos que ele me trazia às escondidas me revelaram rapidamente a vida da pátria ao longo dos anos em que estive ausente.

A revolução ocorria de modo desigual e se prolongava tortuosamente. A classe trabalhadora, a primeira a se manifestar, no início conquistou grandes vitórias, graças à velocidade de seus ataques; mas, depois, sem ter ganhado o apoio das classes camponesas no momento decisivo, sofreu uma derrota brutal das forças reacionárias unidas. Enquanto reunia energia para um novo combate e esperava pela retaguarda camponesa da revolução, iniciaram-se as negociações e as tentativas de acordo e barganhas entre o velho poder dos latifundiários e a burguesia, a fim de esmagar a revolução. Essas tentativas se revestiam com a aparência de uma comédia parlamentar; sempre acabavam fracassadas devido às intransigências dos reacionários feudais. Os parlamentos de brinquedo eram convocados e dissolvidos um atrás do outro. A burguesia, fatigada pelas tormentas da revolução, apavorada pela independência e a energia das primeiras manifestações do proletariado, o tempo todo deslocava-se à direita. O campesinato, cuja massa tinha uma disposição bastante revolucionária, aos poucos absorvia a experiência política e, com as chamas de inúmeros incêndios, iluminava seu caminho para formas superiores de luta. O velho poder, além da supressão sangrenta do campesinato, tentava subornar uma parte deste com a venda de parcelas de terra, mas realizava a coisa toda em medidas tão ínfimas e de modo tão estúpido que isso não deu em nada. As manifestações de rebelião de certos *partisans* e grupos se tornavam mais frequentes a cada dia. No país, reinava um duplo terror – sem precedentes, jamais visto em nenhum outro lugar – a partir de cima e de baixo.

O país, pelo visto, caminhava rumo a novas batalhas decisivas. Mas esse caminho era tão longo e repleto de hesitações que muitos tiveram tempo de se cansar e até mesmo de se desesperar. Por parte da *intelligentsia* radical, cuja participação na luta se resumia essencialmente à compaixão, a traição foi quase unânime. Isso, claro, não era motivo de lamento. Mas, mesmo entre alguns de meus antigos camaradas, o desânimo e a desesperança lograram se instalar. A partir desse fato, eu podia julgar quão pesada e extenuante fora a vida revolucionária no tempo transcorrido. Já eu, recém-chegado, uma pessoa que se lembrava da época pré-revolucionária e do início da luta, mas que não experimentara todo o peso das derrotas posteriores, via com clareza quão insensato fora o funeral da revolução; vi quanto tudo tinha mudado nesses anos, quantos novos elementos tinham se juntado à luta, quão impossível era se deter no falso equilíbrio que se havia criado. A nova onda da revolução era inevitável e estava próxima.

Era preciso, todavia, esperar. Eu entendia quão torturante e pesado estava sendo o trabalho dos camaradas nessas circunstâncias. Mas eu mesmo não me apressava em me dirigir para lá, independentemente até da opinião de Werner. Considerava que seria melhor reunir forças para quando fossem plenamente necessárias.

Durante os longos passeios pelo bosque, Vladímir e eu discutíamos as chances e as condições da luta vindoura. Fiquei profundamente tocado por seus planos ingênuos e heroicos; ele me parecia uma nobre e doce criança, fadada a uma morte de combatente tão simples e despretensiosamente bonita quanto fora sua jovem vida. Que gloriosos sacrifícios destina para si a revolução, e que sangue nobre tinge sua bandeira proletária...

Mas não era só Vladímir que me lembrava uma criança. Havia muito de ingênuo e infantil que antes eu parecia não perceber nem sentir, e que encontrava agora em Werner, o velho trabalhador da revolução, e em outros camaradas dos quais me lembrava. Todas as pessoas que conheci na Terra, eu as imaginava meio crianças, adolescentes, que percebiam a vida em si e a seu redor de modo confuso, que se entregavam semiconscientes à espontaneidade interior e exterior. Nesse sentimento, não havia uma gota sequer de indulgência e desprezo, mas uma profunda simpatia e um interesse fraterno por essas pessoas-embriões, rebentos da jovem humanidade.

4. O envelope

O sol escaldante do verão parecia derreter o gelo que cobria a vida do país. Ele despertava, e os raios da nova tempestade já relampejavam no horizonte, e de novo os estrondos surdos vindos de baixo começavam a ressoar. Tanto esse sol quanto esse despertar aqueciam minha alma e alçavam minhas forças, e eu sentia que logo estaria saudável como nunca antes na vida.

Nesse estado de vago bem-estar, eu não queria pensar no passado, e me agradava saber que tinha sido esquecido por todos... Eu pretendia ressuscitar para os camaradas em um momento em que ninguém pudesse pensar em me indagar sobre os anos de minha ausência – quando todos estivessem ocupados demais, e meu passado tivesse naufragado nas ondas turbulentas da nova maré. Mas quando me acontecia de observar fatos que incitavam dúvidas sobre a correção desses meus cálculos, nasciam em mim uma ansiedade e uma preocupação e uma hostilidade imprecisas em relação a todos que ainda pudessem se lembrar de mim.

Em uma manhã de verão, Werner, ao voltar da vistoria dos pacientes no hospital, não foi ao jardim para descansar, como era seu costume, porque essas vistorias o deixavam terrivelmente exausto, mas veio ter comigo e se pôs a me perguntar como eu me sentia. Parecia-me que ele *memorizava* minhas respostas. Tudo isso não era usual e, no início, pensei que ele, de algum modo, tinha descoberto minha pequena conspiração. Mas, pela conversa, logo percebi que não suspeitava de nada. Em seguida, partiu – de novo, não para o jardim, mas para seu consultório, e só depois de meia hora o vi pela janela, passeando por sua aleia escura favorita. Eu não conseguia não pensar nessas minúcias, porque, à minha volta, não havia nada maior acontecendo. Depois de todo tipo de suposições, me detive na hipótese mais plausível, a de que Werner queria escrever a alguém – provavelmente, mediante uma solicitação especial – um relatório detalhado sobre meu estado de saúde. A correspondência era sempre trazida pela manhã a seu consultório no hospital; dessa vez, ele deve ter recebido uma carta com pedidos de informação a meu respeito.

Descobrir de quem era e qual o objetivo da carta, e ainda imediatamente, era necessário para me tranquilizar. Perguntar a Werner era inútil – por algum motivo, pelo visto, ele não considerava possível me contar nada sobre isso, do contrário, ele mesmo teria dito sem quaisquer interrogações minhas. Será que Vladímir não saberia de algo? Não, ele não sabia de nada. Comecei a inventar um meio para descobrir a verdade.

Vladímir estava disposto a me prestar qualquer serviço. Considerava minha curiosidade bastante legítima, e a dissimulação de Werner, infundada. Sem hesitar, fez toda uma vistoria nas dependências de Werner e em seu consultório, mas não encontrou nada que fosse de interesse.

– Pelo visto – disse Vladímir – ou ele leva essa carta consigo, ou a rasgou e jogou fora.

– E onde ele costuma jogar as cartas e os papéis rasgados? – perguntei.

– Na cesta de lixo, que fica em seu consultório, embaixo da escrivaninha – respondeu Vladímir.

– Bom, neste caso, traga-me todos os pedacinhos de papel que encontrar nessa cesta.

Vladímir saiu e logo voltou.

– Lá não tem nenhum pedacinho de papel – contou –, mas veja o que encontrei: o envelope de uma carta recebida, a julgar pelo carimbo, hoje.

Peguei o envelope e olhei o endereço. Perdi a terra sob meus pés, e as paredes desabaram sobre mim...

A letra de Netty!

5. O balanço

Em meio ao caos de memórias e pensamentos que se ergueu em minha alma quando soube que Netty estivera na Terra e não quisera se encontrar comigo, para mim, no início, ficou claro apenas qual deveria ser o desfecho. Era como se essa conclusão tivesse surgido por si, sem um processo lógico aparente e estivesse acima de qualquer dúvida. Mas eu não podia me limitar a simplesmente colocá-la em prática o mais rápido possível. Queria ter motivos suficientes e claros para mim e para os outros. Eu não conseguia, sobretudo, aceitar o fato de que Netty pudesse não me entender e então tomar como um simples impulso de emoções aquilo que era uma necessidade lógica que fluía inevitavelmente de toda minha história.

Por isso, antes de tudo, tive de contar de modo consequente minha história, contar aos camaradas, a mim mesmo e a Netty... Esta é a origem deste manuscrito. Werner, que será o primeiro a lê-lo – um dia depois que Vladímir e eu tivermos desaparecido –, cuidará para que ele seja publicado – claro, com todas as alterações necessárias para manter o sigilo. Este é meu único testamento. Sinto muito por não ter como apertar sua mão na despedida...

À medida que escrevia essas memórias, o passado foi-se esclarecendo diante de mim, e o caos deu lugar à certeza, meu papel e minha situação desenharam-se nitidamente na consciência. Com a mente sã e a memória firme, posso agora conduzir o balanço final...

É absolutamente certo que a tarefa de que fui incumbido acabou por se mostrar superior a minhas forças. Qual seria o motivo do fracasso? E como explicar o erro de um observador tão perspicaz e profundo da mente humana como Menny, que fez uma escolha tão malograda?

Lembro-me de minha conversa com Menny acerca dessa escolha; conversa que aconteceu naquele tempo em que eu era feliz, quando o amor de Netty inspirava uma fé ilimitada em minhas forças.

– Como você, Menny – perguntei –, de toda a massa da diversidade de pessoas de nosso país, aquelas com as quais se encontrou em suas buscas, reconheceu em mim o mais adequado para a missão de representar a Terra?

– As opções não eram tantas – ele respondeu. – A esfera, desde o início, precisava se limitar aos representantes do socialismo científico revolucionário; todas as outras concepções de mundo estão muito mais distantes da nossa.

– Está bem[19], mas também no meio desse movimento você encontrou, sem dúvida, pessoas muito mais fortes e talentosas que eu. Você conheceu aquele que nós, em tom de gracejo, chamamos de o Velho da Montanha; você conheceu o camarada Poeta...

– Sim, eu os observei com atenção. Mas o Velho da Montanha é uma pessoa exclusivamente da luta e da revolução; nosso ambiente não lhe é em absoluto adequado. Ele é uma pessoa de ferro, e as pessoas de ferro não são flexíveis. Nelas, há muito de conservadorismo espontâneo. Já no que se refere ao Poeta, faltar-lhe-ia saúde. Ele viveu demasiados tormentos, vagando por todas as camadas do seu mundo, para que lhe fosse fácil viver, ainda, a passagem ao nosso. Além disso, ambos – tanto o líder político quanto o artista da palavra, ao qual milhões dão ouvidos – são bastante necessários para a luta levada a cabo entre vocês.

– A última reflexão é, para mim, bastante convincente. Mas, nesse caso, lembrar-lhe-ei do filósofo Mírski. Ele tem por hábito profissional se colocar nos pontos de vista mais diversos, compará-los e apaziguá-los, o que, me parece, tornaria mais fáceis as dificuldades da missão para ele.

– Mas ele é, principalmente, uma pessoa do pensamento abstrato. Para viver a nova existência com sentimento e vontade, talvez lhe faltasse o frescor de alma necessário. Ele me causou a impressão de ser uma pessoa até um tanto fatigada; e isso, você entente, é o maior obstáculo.

– Que assim seja. Mas, entre os proletários que formam a base e a principal força da nossa direção, por acaso não seria mais fácil encontrar entre eles aquilo de que precisavam?

– Sim, procurar ali seria o mais certeiro. Mas... de modo geral, falta-lhes uma condição que eu considerava necessária,

---

[19] Este e os três parágrafos seguintes foram suprimidos das edições soviéticas posteriores.

ESTRELA VERMELHA

uma ampla e variada formação, que estivesse à altura de toda a cultura de vocês. Foi isso que direcionou a linha das minhas buscas para um outro lado.

Assim falou Menny. Seus cálculos não se comprovaram. Significaria que ele, em geral, não tivera escolha, que a diferença entre ambas as culturas constitui um abismo intransponível para um *indivíduo* isolado e que apenas uma sociedade seria capaz de superá-lo? Pensar assim talvez me trouxesse certo conforto pessoal, mas, a meu ver, uma dúvida séria permanece. Penso que Menny deveria testar sua última consideração – aquela que dizia respeito aos camaradas operários.

Onde foi, exatamente, que fracassei?

Da primeira vez, isso aconteceu de modo tal que fui tomado pela massa de impressões de uma vida estranha, cuja grandiosa riqueza inundou minha consciência e fez borrar as linhas de suas margens. Com a ajuda de Netty, sobrevivi à crise e a superei, mas não seria a própria crise reforçada e aumentada por aquela sensibilidade exagerada, aquele refinamento da percepção que é próprio das pessoas que desempenham um trabalho socio-intelectual? Talvez para alguém com uma natureza um tanto mais primordial, um tanto menos complexa, mas, em compensação, organicamente mais resistente e sólida, não teria tudo isso sido mais fácil e a transição, menos dolorosa? Talvez, para um proletário de pouca instrução, não seria tão difícil entregar-se a uma nova existência superior, pois, embora ele tivesse de estudar de novo, ainda assim não precisaria reaprender, o que é justamente o mais difícil de tudo... Parece-me que sim, e acho que foi aqui que Menny errou em seus cálculos, ao atribuir mais importância ao nível cultural que à força cultural do desenvolvimento.

Da segunda vez, aquilo que aniquilou minhas forças espirituais foi o próprio *caráter* daquela *cultura* na qual eu tentava adentrar com todo meu ser: me esmagaram sua altura, a profundidade das conexões sociais, a pureza e a transparência das relações entre as pessoas. O discurso de Sterny, que expressou de modo grosseiro a incomensurabilidade de dois tipos de vida, era apenas um pretexto, apenas o último impulso que me lançou no precipício escuro ao qual então havia sido atraído, espontânea e incontrolavelmente, pela contradição entre minha vida íntima e todo o meio social, na fábrica, em família, na comunicação com os amigos. E, de novo, não seria essa contradição mais forte e aguda para mim, um revolucionário intelectual, que sempre realizara nove décimos de seu trabalho ou simplesmente sozinho ou numa condição de desigualdade unilateral em relação aos colegas camaradas, na qualidade de seu professor e dirigente – no âmbito do *isolamento* de minha personalidade em meio às demais? Não poderia tal contradição ser mais fraca e suave para uma pessoa que vive nove décimos de sua vida de trabalhador num ambiente camarada, ainda que primitivo e subdesenvolvido, no qual há igualdade entre os colegas, quiçá um tanto grosseira, mas real? Parece-me que assim é; e acho que Menny deveria renovar sua tentativa, mas já em nova direção...

Resta, então, aquilo que houve entre as duas derrotas, que me deu energia e coragem para uma longa luta, aquilo que mesmo agora me permite fazer este balanço sem sentimento de humilhação. O amor de Netty.

Sem dúvida, o amor de Netty foi um mal-entendido, um erro de sua imaginação nobre e ardente. Mas esse erro *foi possível*, isso ninguém tira e nada o fará mudar. Nisso para mim reside a garantia da proximidade efetiva entre os dois mundos, de sua futura fusão em um único, belo e harmonioso mundo como jamais visto.

Quanto a mim... não há nenhum balanço a fazer. A nova vida me é inacessível e a antiga já não quero mais: não lhe pertencem mais nem meus pensamentos, nem meus sentimentos. A saída é clara.

É hora de acabar. Meu cúmplice está à minha espera no jardim; eis o seu sinal. Amanhã ambos estaremos longe daqui, a caminho de onde a vida fervilha e transborda, onde é tão fácil apagar o limite entre o passado e o futuro odiável para mim. Adeus, Werner, meu velho e bom camarada.

Um viva a uma vida nova e melhor, e saudações a você, a seu espectro radiante, minha Netty!

Da carta do doutor Werner ao literato Mírski

(Carta sem qualquer data – pelo visto, por distração de Werner.)

Os tiros de canhão há tempos já tinham silenciado, mas os feridos não paravam de chegar. A esmagadora maioria não era de milicianos nem de soldados, mas de civis; havia muitas mulheres e até crianças: todos os cidadãos são iguais diante das balas perdidas. A meu hospital, o mais próximo do teatro de operações, eram levados, principalmente, os milicianos e os soldados. Os muitos ferimentos de *shrapnel* e de estilhaços de granada causavam uma impressão arrebatadora até mesmo em mim, um velho médico, que havia trabalhado por alguns anos como cirurgião. Sobre todo esse terror, contudo, pairava e reinava um sentimento alegre, uma palavra de júbilo: "vitória!".

Esta foi nossa primeira vitória em um grande e verdadeiro combate. Mas, para todos, está claro que ela é decisiva. Os pratos da balança tinham se inclinado para o outro lado. A passagem para o nosso lado de regimentos inteiros com artilharia é um sinal claro. O juízo final começou. A sentença não será misericordiosa, mas justa. Já é passada a hora de acabar...

Nas ruas, sangue e escombros. Da fumaça e dos tiros de canhão, o Sol se tornou completamente vermelho. Não parece sinistro aos nossos olhos, mas alegre e ameaçador. Na alma, ressoa o canto da batalha, o canto da vitória.......................................

Leonid foi trazido a meu hospital por volta do meio-dia. Ele tem uma ferida grave no peito e algumas mais leves, quase arranhões. Ainda no meio da noite, dirigiu-se com cinco "granadeiros" àquelas partes da cidade que se encontravam em poder do inimigo: a tarefa consistia em, com uma série de ataques encarniçados, causar ali alarme e desmoralização. Ele mesmo sugeriu esse plano e ele mesmo se voluntariou para executá-lo. Como uma pessoa que, nos anos anteriores, havia trabalhado muito por aqui e conhecido bem todos os recantos da cidade, podia realizar essa missão encarniçada melhor que os outros, e o dirigente da milícia, depois de hesitar um pouco, acabou concordando. Conseguiram chegar com suas granadas a uma das baterias inimigas e, a partir do telhado, explodir algumas caixas de munição. Em meio ao pânico causado pelas explosões, desceram, arruinaram as armas e explodiram o restante das balas. Nisso, Leonid acabou sofrendo ferimentos leves dos estilhaços. Depois, durante a retirada apressada, tombaram um destacamento de dragões do inimigo. Leonid entregou o comando a Vladímir, que era seu ajudante, e ele mesmo, com as duas últimas granadas, esgueirou-se até o portão mais próximo e ficou ali, à espreita, enquanto os demais recuavam, aproveitando qualquer abrigo ocasional e retrucando vigorosamente. Deixou que uma grande parte do esquadrão inimigo passasse e lançou a primeira granada num oficial e a outra no grupo de dragões que estava mais próximo. Todo o esquadrão se dispersou desordenadamente, e os nossos, ao retornar, apanharam Leonid gravemente ferido por um estilhaço da segunda granada. Eles o trouxeram em segurança até dentro de nossa linha ainda antes de amanhecer e o confiaram a meus cuidados.

O estilhaço conseguimos remover imediatamente, mas um pulmão foi atingido e a situação é grave. Acomodei o paciente do melhor modo e com o maior conforto possível, mas uma coisa, é claro, não lhe pude dar: o repouso completo que lhe seria tão necessário. Com o amanhecer, a batalha geral recomeçou, e o barulho podia ser ouvido muito bem de nosso hospital, e o interesse inquieto de Leonid pelas peripécias aumentava seu estado febril. Assim que começaram a chegar os outros feridos,

ESTRELA VERMELHA

ele se tornou ainda mais agitado, e fui obrigado, na medida do possível, a isolá-lo, acomodando-o atrás dos biombos para que ele, ao menos, não visse as feridas dos demais.

Por volta das quatro horas, a batalha já havia terminado, e seu resultado ficara claro. Eu estava ocupado examinando e distribuindo os feridos. Nesse momento, entregaram-me o cartão da pessoa que há algumas semanas havia me consultado por escrito sobre a saúde de Leonid; depois, ela havia me procurado pessoalmente após a fuga dele e deveria ir ter com você por minha recomendação, a fim de ler o manuscrito. Dado que essa dama é, sem dúvida, uma camarada e, pelo visto, médica, eu a convidei diretamente para ir à enfermaria. Ela, assim como da última vez que a havia visto, estava coberta por um véu escuro que deixava totalmente mascarados os traços de seu rosto.

– Leonid está com você? – perguntou, sem me cumprimentar.

– Sim – respondi –, mas não precisa se preocupar muito: embora sua ferida seja grave, acredito que ele pode ser curado.

Com rapidez e agilidade, fez-me uma série de perguntas para esclarecer a situação do paciente. Em seguida, anunciou que queria vê-lo.

– Não acha que esse encontro pode deixá-lo agitado? – retruquei.

– É claro que sim – foi sua resposta –, mas isso lhe trará menos danos que benefícios. Isso lhe garanto.

Seu tom era muito decidido e confiante. Senti que ela sabia o que estava dizendo e não pude recusar. Fomos até a enfermaria onde estava Leonid e, com um gesto, indiquei que fosse para trás do biombo, mas fiquei por perto, junto ao leito de outro paciente gravemente ferido, com o qual eu, de qualquer modo, tinha de me ocupar. Quis ouvir sua conversa com Leonid para intervir em caso de necessidade.

Ao se encaminhar para trás do biombo, ela levantou um pouco o véu. Consegui ver sua silhueta através da parca transparência do tecido do biombo e pude distinguir como ela se inclinou sobre o doente.

– A máscara... – pronunciou a voz fraca de Leonid.

181

– Sua Netty! – respondeu ela, e havia tanta ternura e carinho nessas duas palavras ditas por uma voz baixa e melódica que meu coração estremeceu no peito, tomado por uma alegre compaixão que até chegava a doer.

Ela fez um movimento brusco com a mão, como se estivesse desabotoando a gola, e, ao que me pareceu, tirou o chapéu com véu, inclinando-se para ainda mais perto de Leonid. Um minuto de silêncio instalou-se.

– Quer dizer que estou morrendo? – disse ele em tom interrogativo.

– Não, Lenny, temos a vida à nossa frente. Sua ferida não é mortal, nem sequer perigosa...

– E o assassinato? – retrucou ele, com dor e ansiedade.

– Foi a doença, meu Lenny. Fique tranquilo, que esse ímpeto mortífero de dor nunca se colocará entre nós, nem no caminho do nosso grande objetivo comum. Nós vamos alcançá-lo, meu Lenny.

Um leve gemido escapou do peito dele, mas não era um gemido de dor. Retirei-me, porque já descobrira aquilo de que precisava em relação a meu paciente, e não deveria nem tinha por que continuar espreitando. Em alguns minutos, a desconhecida, já de chapéu e véu, me chamou mais uma vez.

– O Leonid eu levo comigo – anunciou. – É o próprio Leonid que deseja isso, e comigo ele terá melhores condições de tratamento que aqui, de modo que você pode ficar tranquilo. Dois camaradas estão esperando ali embaixo; eles me ajudarão a transportá-lo. Peça que tragam a maca.

Não havia o que discutir: em nosso hospital, as condições, de fato, não eram brilhantes. Perguntei seu endereço – era bem próximo dali – e decidi que já no dia seguinte passaria em sua casa para visitar Leonid. Vieram dois operários e, com cuidado, o levaram em uma maca.

(Adendo feito no dia seguinte.)

Leonid e Netty desapareceram sem deixar rastros. Acabei de passar em seu apartamento: as portas estão abertas, os quartos, vazios. Na mesa, na sala grande, na qual uma janela enorme estava escancarada, encontrei um bilhete endereçado a mim. Nele, com letra trêmula, estavam grafadas apenas algumas palavras.

"Saudações aos camaradas. Até logo. Seu Leonid."

Coisa estranha: não sinto nenhuma preocupação. Os últimos dias haviam me deixado mortalmente cansado, tinha visto muito sangue, muitos sofrimentos, e não era capaz de ajudar, estava farto dos quadros de morte e destruição, mas a alma continua alegre e radiante.

O pior já passou. A luta foi longa e pesada, mas a vitória está diante de nós... A nova luta será mais fácil...

Selo soviético de 1964 em comemoração ao Dia do Cosmonauta (12 de abril), homenageando o lançamento da sonda espacial Marte 1, em 1º de novembro de 1962.

Publicado em 2020, sessenta anos após a União Soviética dar início à era das missões espaciais destinadas à exploração do planeta vermelho, este livro foi composto em ITC New Baskerville, corpo 10,5/12,6, e reimpresso em papel Avena 80 g/m² pela gráfica Forma Certa, para a Boitempo, em abril de 2025, com tiragem de 500 exemplares.